JN057339

こだわり克行の笑顔

佐野美樹
Sano Miki

めでぃあ森

はじめに

あなたは子育てや孫育て、そして地域社会での子育てを笑顔で楽しんでいますか？

最近、発達障がいの子どもが増えていると言われています。支援学校の教室が足りないという話を聞いたことのある方もいるかもしれません。

発達障がいは、生まれ持った脳の機能の障がいとされています。また、食事や環境、病気などによって発達障がいに似た症状を発症する子どもたちがいるとも言われ、さまざまな症状や個性があります。自閉症は、特にこだわりが強い傾向があります。人とのかかわりを持ちにくく、そこに本人のこだわりが見えることがあります。

私の息子は自閉症です。

そのことで日常生活の中で戸惑うことが多く、今も子育てに迷いを抱えています。

息子が生まれてから 23 年。さまざまな経験を積み重ねる中で、もしかしてどなたかの参考になるかもしれない、ヒントの一助になれば……と思うようになりました。

そこで、こだわりの強い息子、克行（かつゆき）と歩んだ日々を本にして残そうと、これまでの話を書くことにしました。
　4月2日は国連が定める「世界自閉症啓発デー」として、全世界の人々に自閉症を理解してもらう取り組みが行われています。日本では、4月2日から8日までを「発達障害啓発週間」とし、自閉症をはじめ発達障がいの正しい理解の啓発が行われています。この機会を考えるきっかけにしていただければ幸いです。

　診断を受けてはいないけれど、「うちの子はもしかして発達障がいかもしれない」と思う親御さんもいることでしょう。
　そうした状況で、親は子育てに対していろいろと悩むことが多くなります。どのように子どもと向き合っていけばよいのでしょうか？
「子育ては親育て」とよく言われます。親も子どもからたくさんのことを教えてもらい、ともに成長していくことは、私の経験からも実感しています。

　私たちは山梨県に住む4人家族。夫婦と長女の望（のぞみ）、長男の克行という家族構成です。
　克行の父親である私の夫は、娘が生まれた翌年、今から27年前に公務員を中途退職して、兼業から専業農家になりました。桃とすももを中心に、ぶどう、野菜を栽培しています。また、農業と福祉の連携推進に取り組んでいます。克行の在学中は支援学校のＰＴＡ役員を率先して行い、現在は社会福祉法人で理事と監事を務め、障がい者を支援する活動を続けています。
　私は看護師、保健師として、約30年にわたり地域で働いてきました。現在は自分のサロンを持って、ご縁のある皆様が元気になる活動に携わっています。
　保健師は、妊娠中の方から乳幼児の発達をはじめ、思春期、更年期、シニア、超高齢者まで、人の一生の健康に関わる仕事です。専門知識を持つとともに、多くの方々の様子を見てきました。
　また、長女の望は、克行よりも４歳お姉さんで、先天性股関節脱臼と知的障がいを持っています。そのことは、私の育児の考え方に影響しているかもしれません。

　本書は、わが家の事例です。
　こだわりの強い自閉症などの特性を持っていても、毎日を少しでも楽しく過ごし、笑顔で生きていくことができれば、人生は素晴らしいと思います。あらためてそう感じながら、克行との日々を思い出し、綴りました。
　この本を手にされた皆様の人生も、有意義で笑顔いっぱいの楽しい時間になりますことを願っています。

「こだわり克行の笑顔」目次

第３章　小学生になることの高いハードル

第４章　支援学校での手厚い個別支援に感謝！

第５章　支援学校高等部、現場実習、卒業まで

第６章　地域活動支援センターと家業の手伝い

第７章　地域社会で生きるということ

第1章
期待と不安の中で

1. 克行の誕生

2000年（平成12年）9月26日、山梨県内の産婦人科医院。

佐野家の長男、克行は3048グラムで生まれた。元気な産声をあげていた。

私の夫、克行の父親である克巳（かつみ）、克行の姉である長女・望が一緒にいた。家族全員が出産に立ち会った。

「かわいい！」「うん、かわいいね」

生まれたばかりの克行を見つめながら、私たちはニコニコと笑顔で、そう言い合った。克行は大きな声で泣き、手足を元気よく動かしていた。

幸せな家族の光景である。

私は妊娠中から胎教に興味があり、胎教のクラシック音楽を聞いたり、おなかの子に絵本を読んだりしていた。 妊娠の経過は順調で、おなかの中で命はすくすくと育っていた。

妊娠7か月の妊婦健診のとき、超音波検査の画像を見ていた医師から「男の子でしょう」と言われた。私と夫は、子どもの名前を考え始めた。

夫のように誠実で、人のため、自分のために力を注ぎ、世の中の役に立つ人間になってほしいと願い夫の名前「克巳」から

「克」の一文字を受け継ぐことにした。
　そして、自分を信じて前進してほしいという思いを込めて、「克行」と名づけることにした。

　出産直後の私は、妊娠が順調に経過し、無事にお産を終えたことに安堵していた。
　というのも、娘のときが大変だったからだ。
　娘は妊娠中に逆子だとわかった。逆子であっても、おなかの中で成長するにつれて自然に頭が下になる（頭位）ことが多い。私は体操をしたり、お灸をしたりしたが、娘は逆子のままであった。
　一般的には、逆子であれば帝王切開を選択することが多い。しかし、開腹手術となるので入院期間が長くなり、回復まで時間がかかる。私には負担が大きく感じられ、保健師という仕事柄、自然分娩（経膣分娩）にあこがれていたこともあったかもしれない。
「自然分娩ができれば」と考

生まれたときから元気いっぱいの克行。

え、それまで個人の産婦人科医院で診ていただいていたが、妊娠 34 週で大学病院へ転院した。

いよいよお産というときになっても、やはり娘は逆子のままだった。産道を通って頭から出てくるのが一般的なお産だが、逆子の場合は足から出てくることが多い。その場合は帝王切開となるが、お尻から出てくる場合は自然分娩できる可能性がある。

娘はお尻から出てくる状態だったので、私は経膣による自然なお産に挑戦できた。

娘は、両脚を胸に抱えるような形で、お尻から産道を出て誕生した。そのためお尻と股関節に負担がかかった状態だった。お産のあと、肩にへその緒が巻きついていたことがわかった。そのため逆子が治らなかったのかもしれない。

娘は 4 か月児健診で先天性股関節脱臼と診断され、一人で歩けるようになったのは 3 歳のときだった。

2. 娘の入院と元気に成長する克行

生後 4 か月になった克行は、乳児健診を受けた。運動や発達面などで特に気になることもなく、順調に大きく成長しているようだった。

克行の出産後、私は 1 年間の育児休業を取っていた。その間の 4 月から 5 月にかけて、4 歳の娘が股関節の手術のため大学病院に入院した。

　このとき、克行は７か月になっていた。

　入院先の整形外科病棟で「ご家族の方にはなるべく付き添っていただきたい」と言われ、私は朝から晩まで、克行を連れて娘に付き添うことにした。

　私は毎朝８時頃に、克行を連れて車で家を出発し、娘が入院している病院に向かった。

　病院に着くと娘の病室に行き、DVDを見たり絵本の読み聞かせをしたりして、日中を過ごした。

　天気がよい日には外に出て、病院の敷地内を散歩した。克行をベビーカーに乗せ、娘はベッドから車椅子に乗り換える。私は二人の乗り物を軽やかに押していた。

　私は病院の神経内科病棟で４年間、看護師の仕事をした経験がある。

　脳卒中などで入院中の患者さんのリハビリテーションの送迎で、２台の車椅子を、同時に動かすことがあった。だから、ベビーカーと車椅子を片手で押し、並行して操作することは難しくなかった。時間はたっぷりあるからゆっくり移動すればよい。そう思いながら、子どもたちと散歩した。

　敷地内をのんびりと歩き、新緑の景色を子どもたちとともに楽しんだ。家族と離れて一人で病室にいなければならない娘が、ひとときでも外で開放的な気分になれるとよいと思ったし、日光浴をさせてあげたい気持ちもあった。
外に出ると、娘はうれしそうだった。そうして一日を過ごし、夜の７時半頃に娘を寝かしつけてから、自宅へと帰った。
家事をすませて朝８時に家を出て、家に帰り着くのは夜９時頃。朝には自分の弁当を作り、克行はまだおっぱいと離乳食を併用していたので、それも用意して出かけた。夫は朝から畑へと出向く。この頃は同居していた義理の母も健在で、食事はある程度準備しておけばよかった。
毎日がめまぐるしく過ぎていった。

娘は、これ以前の乳児期にも足の牽引とギプス固定のために入院したことがあった。第２子の克行には、とにかく順調に過ごしてほしい、しっかりおっぱいを飲んで大きく育ってほしい。ただそれだけを願っていた。
朝８時に家を出て、夜９時に帰宅する生活は約１か月間続いた。帰路は真っ暗なので、車の運転にも気をつかう。夜中の授乳などで睡眠不足のためか、眠気に襲われることもあった。
この頃の克行は食欲旺盛で、おっぱいをたくさん飲んで離乳食をしっかり食べていた。おかげで身体はがっちりして笑顔も多く見られた。 夜中も授乳のとき以外はよく眠ってくれた。

3. 健診でかんしゃくを起こして大泣き

私の1年間の育児休業がまもなく終わろうとしていた。

復職にあたり、保育園を決める必要があった。そこで、娘が通っていた公立保育園に慣らし保育からお世話になることにした。

そういえば、克行は何かを指さして「あれ、それ」というような仕草をするのを見たことがない。言葉を発することがなく、口がおとなしい。ニコニコとはしているけれど、視線は私と合っていない。そうしたことが気になっていた。

保育園に入る前に10か月児健診があり、そこで克行は大泣きをした。積み木をうまくつまめなくてかんしゃくを起こした。

積み木をつまむのは、克行にとっては自分が望んだことではなく、無理やりやらされていると感じたのだろう。感情があふれ出して、「わーっ！」と泣き出したのだ。

その後の1歳6か月児健診以降の健診でも、おとなしくしていたことは一度もなかった。それでも時間が経つにつれて、どうにか椅子には座っていられるようになった。

克行が1歳の頃、発する言葉は「あー」「やー」といった声だけだったが、あるとき、家の中の少し離れたところから声がしたような気がした。声を感じた先を見ると、克行がいた。そら耳だったのだろうか。一度だけ「ママ」と言われた気がした。
今、「ママ」と言った？　言葉が出始めたのかな？　私はうれしくなった。
でも、その後、克行から言葉は出なかった。
「ママ」の言葉は、私の願望が聞かせたのかもしれない。

4. 保育園に通い始めたけれど

1歳になった頃、克行は保育園に通い始めた。
1歳6か月ぐらいの時だっただろうか。お迎えに行ったとき、先生から「克行君は雨の中、園庭に向かって走り出しました」と言われた。
「え、克行はもう走れるの!?」私は驚いた。これまで克行が走る姿を見たことがなかった。そして、こう思った。
「でも普通の子は、雨が降っているのに外に走り出したりしないよね？」
ただ元気なだけなのだろうか？　それとも発達に何か課題があるのだろうか？
娘が生まれながらに身体に障がいを持ち、発達が遅れて大変な思いをした。それもあって克行を身ごもったとき、出産するまで「五体満足で生まれてくれれば、それでよい」と思っていた。
しかし、ここにきて不安がよぎる。様子をよく見て対応していかなければと思った。
　１歳ぐらいで言葉が出始める子もいる。いや、１歳半になってやっと言葉が出る子だっている。
　言葉の増え方やどんなことに興味があるのか。それは子どもによって違う。男の子は、女の子よりも言葉を発するのが遅いと言われたりする。
　克行はまだ１歳だから、少々遅いぐらいでも問題はないのでは？
　自分の思い通りにならないときの態度はどうか？
　思いと行動が一致しているか？
　運動の発達はできているか？
　知的な部分での影響はどうなのか？
　とにかく、言葉や言動をはじめ、いろいろなことを気にかけて成長を見よう、しっかり観察していこう。そう心に誓った。
　私は保健師という仕事柄、たくさんの赤ちゃんや子どもを見てきた。そんなこともあり「経過を観察していく必要があるかも」と冷静に受け止められたと思う。

　そして、１歳６か月児健診。克行はまだ言葉が出ず、落ち着きもない。耳は聞こえているように感じるが、実際にはどうなのだろうか。
　私は健診を担当する医師に相談した。

医師がおもちゃのガラガラを鳴らしてみると、克行ははっきりとは音の鳴る方を向かなかった。
「発育と耳の聞こえの経過を見る必要があるかもしれない」と医師に言われた。
私は「1 歳ぐらいでは、まだよくわからないのだ」と解釈した。
そうはいっても気になる。聞こえているのなら、反応があってよいはず。音が聞こえていない？　つまり、耳が聞こえていないこともあるのかな？
そこで、自宅の近くにある県立ろう学校の「聞こえの相談」の門を叩いた。
月に 1 回行われている相談会があり、1 時間の枠を予約した。相談員の先生との 30 分ぐらいの遊びの中から、子どもの聞こえや理解度、遊びの広がりなど、多角的に見ていただいた。
半年ぐらい通った頃、相談員の先生から「克行君の耳は聞こえているようですね」と言われた。正直ホッとした。
「他人の子どものことは客観的に見ることができても、自分の子どもとなると動揺してよく見えなくなってしまう」と聞くことはあったが、まさにそんな状況であった。

このあと、2 歳児健診、3 歳児健診と克行の経過を見ることになる。その間、自治体の心理相談でフォローアップを受けることもできた。仕事柄、相談窓口の情報を知ってはいたが、実際に体験したことで、親の立場として、また行政の保健師として、両面からあらためて学びを得ることになった。

5. 発育のプログラムを実践する

私は保健所から紹介いただき、ペアレントトレーニングや日本ポーテージ協会の療育プログラムを知ることになった。

ペアレントトレーニングは親のかかわり方を学ぶもので、1974 年にアメリカのハンス・ミラー博士により開発されアメリカで発展し、日本では 1990 年代から取り組まれるようになった。NPO 法人えじそんくらぶ代表の高山恵子先生が実践者として有名だ。

高山先生は自らが ADHD（注意欠如・多動症）という特性を持ち、臨床心理士であり薬剤師の資格を持ち、ADHD 等の発達障がいのある人のカウンセリングや教育、家庭支援などに取り組まれている。

高山先生は講演活動を行っていて、地元の保健所で勉強会があり、私も参加した。

日本ポーテージ協会は、「ポーテージ早期教育プログラム」を用いて、発達に遅れや偏りがある子どもの 0 歳からの発達相談と、親・家族支援を行っている団体だ。

子どもによいと思われることは、親として、そして子育て支援の保健師として積極的に取り組んできた。
子どもの発達を促すための手法はいろいろある。親と子どもとの相性もあるので、体験を試みてより合う方法を選ぶことも大切だと考える。

股関節に障がいのある娘の経過観察では、内服薬などの薬の処方はなかったが、整形外科と小児神経科の主治医がいた。
一方、身体が元気で丈夫な克行には、定期的に診てもらう主治医はいなかった。たまに体調を崩したとき、また花粉症の時期の２月から３月には、自宅近くの小児科医が薬を処方してくれた。
その小児科の先生には、受診の際に将来的な診断などを含めて、気になることは相談していた。

発達障がいについては、一般的に親の気づきや通園・通所している施設から、また、１歳６か月児健診や３歳児健診などで明らかになることが多い。
発達がゆっくりだったり、言動が気になったりする子どもを持つ親の心理として、「診断名を知りたい、でも診断されたら受け入れたくない。否定したい」と聞くことがある。その反面、診断名を聞いてホッとして、肩の力を抜くことのできる親もいる。

小児科などの専門の医師でも、子どもが小さいと、なかなかはっきりした診断名をつけるのが難しいのだろう。診断名をつけることには責任も出てくるだろうと思う。

診断が明確になると子どもへの対応がより明確になる場合もある一方で、人によっては不安になるケースもあるだろう。

克行の場合、保育園での日常や、運動会やお遊戯会などで集団の中になかなか入れないこと、そしてこだわりが強いことなどから、「自閉の傾向がある」としか、医師には言われてこなかった。

私自身も克行の診断名を知りたいような、でも認めたくないような気持ちがあった。受け入れたいけれど、やっぱり認めたくない。いろいろな感情が湧き上がった。

娘のとき、私は葛藤した。知的な発達がゆっくりで、一人歩きできたのが３歳であれば、発達に問題があると認めるのはしかたない。

「これは先天的なのか？」

「頭の発達がゆっくりなのはこのまま変わらないのかな？」

「この先で健常児と同じぐらいの状態にならないかな？」

認めたくない。認めざるをえない。両方の気持ちがあった。

正直に言えば、周りの目が気になって自分が感情的になれない部分もあった。

克行はとても元気で、外見では頭の発達がゆっくりとはわからないのだ。

6. 何が楽しめる？ 個性を引き出す

克行の行動は予想外だ。それを「個性」や「特性」と理解するのに時間がかかった。

克行に限らず、自閉症やADHDの子どもは、その多くが突飛な行動をする。親同士でそうした話になり、ほかのお子さんの様子を聞くと「それは私の想像を超えている」と思うこともしばしばある。

自分の思いを言葉にできない子は多い。その一方で、大学に進学する子もいる。

わが子とほかの子を比べて「言葉が出るだけよいじゃない」と言う親もいる。中には「どうせできないから」とネグレクト（育児放棄）といえそうな養育をする親もいる。

子どもに対して必要最低限の世話はするが、積極的なかかわりをあきらめてしまうのだ。すると子どもは、ますます表情が乏しくなってしまう。子どもはできないなりにもやってみて、よい表情をすることがあるのに……。

子どもの可能性を信じたい気持ちがあるが、できない現実もある。半々の気持ちで揺れている。それは私も同じだ。

一方、神経質になって子どもにいろいろさせている親もいる。

親が安心を得たいという気持ちの表れでもある。
　私の場合は「克行は何をやったら、楽しくすごせるのか」と、いつも考えている。
　学校の先生も、興味や関心を引き出そうとしてくれるから、その芽が出てくる。美術や創ることなど、家では発見できないことを学校で見出してくれるかもしれない。
　自閉症の場合、音楽やリズムが好き、踊るのが好きな子どもが多い傾向がある。文化祭などで発表することもある。また、書道や絵画、ピアノなど、能力が引き出された例を聞く。
　親は、子どものことを画家のピカソのように捉えてはどうだろう。
　子どもは無限の能力を持っている。だから、いろいろなことに首を突っ込みながらやってみるのだ。いろいろなことをさせてみて、本人の興味を引き出すのが親の役目でもある。
　娘は地域の保育園に通園したが、年長時に車椅子の娘を1か月受け入れることは難しいことがわかり、支援のある通園施設に移行した。
　通園施設には、いろいろな状態のお子さんがいる。
　娘は体の不自由な子どもとかかわり、自分ができる範囲でほかの子をサポートした。すると、できることが多くなった。自分を受け入れてくれるから娘は通うのが楽しかったと思うし、張り切っていた。それほど、子どもは環境に左右されるのだ。

できることをできなくするのか、できないことをできるようにするのか。それは環境によって変わってくる。子ども自身の能力は同じなのに。

私も試行錯誤しながら、克行に場を提供してきた。

車に興味があったときには、外に出て一緒に車を見る。水に興味を持っていたときには、水が流れる様子を見るのに付き合う。

ときには危険なこともあった。でも、そうして付き合うから「車に興味を持っているようだ」「水遊びが好きなのかな」とわかるのだ。

7. ベランダでぶら下がっていた克行

「克行っ！　どこにいるの？」

家の中にいるはずの克行の姿が見当たらない。1階を探し、2階に駆け上がって部屋の中を探した。

娘は声を出すのでどこにいるのかわかるが、克行は声をかけても返事が返ってこない。それはわかっているけれど、名前を呼びながら家の中を探すしかない。

このときは、命が縮む思いをした。克行が2歳を過ぎた頃、夏に向かう季節であった。

さっきまで克行は1階にいた。しかし、いつの間にか2階に上っていたのだ。
2階の部屋に入ると、開けていないはずの窓が開いていた。でも、窓の近くに克行の姿は見えない。子どもでも、立ち上がれば窓には手が届く。
まさか！　そう思って窓から下をのぞき込むと……。
ベランダの格子に克行がぶら下がっていた。
両手を万歳した状態で、格子を握りしめて、足をぶらぶらさせてぶら下がっている。手を離したら下に真っ逆さまに落ちてしまう。地面まで3メートルはあるだろう。
私は生きた心地がしなかった。身を乗り出して克行の体をつかみ、思いっきり引っぱり上げた。体をかつぐようにして部屋の中に投げ込んだと思う。必死だった。下手をしたら私も下に落ちてしまう。
「克行、生きていてよかった！」
私は、思わず大きな声をあげた。動揺して、どのように部屋に入れたのか実はよく覚えていない。
助けようとしても、やり方によっては、わが身だって窓から落ちていたかもしれない。今考えてもゾッとする。背筋が凍るとは、このようなことかもしれない。とにかく、克行の命の確保だけを考えていた。
克行がぶら下がっていたのは、窓から20センチぐらい突き出ている、ベランダの格子だった。高さ30センチ、横幅は

80センチほどの金属の柵。そこをどのように乗り越えたのか？

　しかも、近くには20センチ四方の石を積み重ねた塀があった。もしも、ここに落ちていたら……。そう思うと本当にゾッとした。

泣きもせず、ただただ鉄格子にぶら下がっていた克行。

それが危険だとわからない。怖いという感覚がない。物との距離感がつかめていないから、怖いということが理解できないのだ。

2歳の子どもでは、まだ何が危険なのかわからないかもしれないが、それにしても助けを求めたり、泣き出したりするのではないだろうか。

発達障がいの子ども全般に言えることだが、目先の興味があることには集中するが、周りが見えていない。そのままでは落ちる可能性があることも理解していない。

ぶら下がっていた克行は、いつもと変わらない平然とした顔で表情はない。どうしてぶら下がっているのか、自分でもわからなかったのだろう。

「克行は怖いという意識がなく、何も考えずに気が向くまま、思うままに行動してしまうのだ」

そう思った瞬間だった。

このことに始まり、克行の予想できない行動に、私の命が縮む思いをしたことが何度あっただろうか。

あるときは、2階の窓から出て1階の屋根の上に座っていた。そこでじょうろの水をちょろちょろと流していたのだ。水が流れる様子を、じっと静かに眺めていた。本人にとってはとても楽しく、面白いことなのだろうと想像した。

それにしても、何もこの場所でやらなくても……。

屋根から転がってしまっては、水を楽しむどころか、命の危険さえある。でも、克行にはわからない。

娘は1歳2か月の頃、脚にギプスをつけていて一人で動くことができなかった。対照的に克行は、がっちりしている骨太の体型で体力がある。しかし、呼びかけに返事がなく、どこにいるのかわからない。

ハラハラドキドキの連続の日々が始まった。

8. 集団の中に入れない。目が離せない

克行の保育園生活は、本人にとっても、保育士の先生方にとっても大変だったのではないだろうかと、今振り返っても思う。

克行は家でも対応が大変で目が離せないのだから、集団生活の中ではなおさらだろう。普段の生活だけでなく、お遊戯や運動会など、先生方をハラハラさせていたのではないだろうか。

同じ教室のみんなと一緒の輪の中に入れず、輪の外にいることが多かった克行。

落ち着きがなく、黙ったまま、勝手にどこかに行きそうになり心配した。保育士の先生方は、目を離せないご苦労があったと思う。

運動会の前日の夕方、父親が園へ迎えに行ったときのこと。
保育士の先生からこう言われたそうだ。
「克行君は、集団の中になかなか入れないので、運動会を見に来られても、それはご承知しておいてくださいね」
その言葉に、父親は「悲しい気持ちになった」と言っていた。それを聞いた私は「普通の人は悲しい気持ちになるんだ」と思った。
父親には「集団の中では、克行もちゃんとしているだろう」という思いがあったのかもしれない。または、自分の保育園の頃のイメージがあったのか。はたまた、客観的に状況を捉えていなかったのかもしれない。
私の場合は職業柄、一人の世界でぽつんとしている子どもがいることを知っている。自閉症では、そうした子が多いという印象も持っていた。
知識があるからこそ、受け入れたくない気持ちも、受け入れる気持ちも両方あったのかもしれない。もしも私に専門的な知識がなければ、父親と同じように先生の言葉にショックを受けたかもしれない。

親として障がいを認めたくない思いは、誰もが抱く普通の気持ちだと思う。

子どもの障がいという特性について、一般的には小児科医師、保健師、保育士や幼稚園教諭などに少しずつ言われたり、連絡帳に書かれたりするだろう。

受け入れたくない。「成長すると治るのではないか」という期待との葛藤が常にあると思う。

最終的には子どもにとって、一番よいと思われる環境を選びたいと思いながらも、それを認められない親もいる。

私の場合、娘のことで経験があるから、普通の保育園から通園施設にスムーズに移行できたのだと思う。娘が地域の山梨小学校に入学するとき、タイミングよく支援学級で肢体不自由の学級を作ってもらうことができた。

「あなたの子どもは、集団の中になかなか入れない」

そう言われた親にとってみれば、確かに残念な気持ちになるかもしれない。

一方、保育士の立場からすれば、運動会の当日に、親が驚いてショックを受けないように、という配慮だったとも考えられる。

運動会での 1、2 歳児のダンスは、激しく動くというよりは、かわいらしい服装でその場に立っているだけで微笑ましくなるようなものだろう。
　運動会の当日、その輪の中に克行もいるはずだった。
　曲の始めに先生に連れられてみんなと一緒に輪の中にいた。しかし、すぐにそこから離れてしまい、ほかの場所に行って一人で砂いじりを始めた。
　これは保育園での日常であろう。何も言わずにどこかに行こうとする克行に、付き添う先生も大変なことだろうと思った。
　根気強く克行に寄り添い、健やかな成長を促し、自立を支援してくださった保育園の先生方には感謝の思いでいっぱいだ。

第2章

自閉症を受け入れる

1. どうする？ 3歳児の保育

克行が3歳を迎える前に、保育園について大きな選択が必要になった。

3歳未満児は、子どもの人数に対して保育士の数は一定数確保される。国の配置基準で、2歳児は子ども6人につき1人以上の保育士がつく。しかし、3歳児になると子ども20人に対して保育士が1人になる。

克行が3歳以上児のクラスに通園するか、それとも発達支援の通園施設に通園するのか、担任や主任の保育士の先生方と話し合いを繰り返した。

克行のために、そして保育園のために、どうすることがよりよい選択なのだろうか？ 私は悩んでいた。

いろいろと考えた末、克行の個性を引き出してもらえる可能性を信じて、保育園ではなく通園施設に通うことを決めた。

娘のときの経験も決め手の一つになった。

娘は股関節のボルト除去の手術のために、年長児のときに1か月、車椅子での生活を余儀なくされ、それを機に保育園から通園施設へ移行した。

保育園での娘はすべての動きがスローで、散歩のときには一番最後を歩き、靴の脱ぎ履きもゆっくりで、友だちが靴箱から靴を出してくれていた。
　通園施設では、肢体不自由で自力では身体の向きをかえるのが難しい友だちもいた。そうした環境に身をおいて「私はみんなの中で一番のお姉さんで、体が動けるのだから頑張ろう」とハッスルした様子が見えた。
　みんなのお世話になっていた側から、今度はお世話をする側になったのだ。大変有意義で貴重な経験をしたことは娘の助けとなった。
　この娘の体験があったこと、そして、私が子ども関係の専門的な仕事をしていて通園施設のことを理解していたこと。それらがあったから、悩みながらも通園施設へとスムーズに移行できたのだろうと思う。
　専門家としての知識や母親としての経験があっても、私は思い悩んだ。これまでそんな知識や経験があったわけではない親御さんにとっては、保育園から通園施設に移行するのは大変なことだろうと感じた。
　この経験が、仕事や似たような悩みを持つ方に活かされたらと思う。

2. 児童発達支援センター「ひまわり」へ

克行は児童発達支援センター「ひまわり」に通うことになった。ここは、身体や知的な障がいを持つ子どもたちが通園している施設である。

子どもの人数からすると園庭も広く、子どもたち一人ひとりの特性に合わせて、先生方は熱心に対応してくださった。

克行は毎日、通園バスに乗って、「ひまわり」に通った。

通園バスがバス停に来ると、車好きの克行は楽しそうにバスに乗り込んだ。バス停までの送迎は、農業に従事する父親が主に担当し、私もときどき送迎した。

明るい顔つきの克行を見送りながら、通園を楽しい時間だと思っている姿にホッと胸をなでおろした。

子どもでも親でも、楽しく過ごせる空間は大切だと思う。

通園施設の保護者会は、親も先生方も熱心で、意見交換も活発であった。

先生方は子どもたちへのよりよい対応を考え、親が心の負担を少しでも軽減できるような配慮をしてくださった。そして、親同士の交流も大切だと学ぶ機会ともなった。 保護者の中には、園の指導方法についていろいろと勉強をし、より活発に意見を述べる人もいた。

通園施設での取り組みとして、保育計画の開示と話し合いを実施していただいた。

保育計画は、どこの保育園でも作っていると思う。通園施設である「ひまわり」では、先生と保護者が保育計画を共有して、面談もしていた。

子どもの半年間の目標は「これができるようになる」と具体的に設定する。習慣として定着するには、園と家庭の共同作業が欠かせないからだ。

集団生活の中に、長期、中期、短期の目標をそれぞれ設けていて、肯定的な文章で示している。その子にとって必要であり、優先順位の高い内容を掲げている。

例えば、このようなものだった。

「好きなことをしていても、食事のときには前段階から誘導していく」

克行は一人で水遊びをすることが多く、集団の遊びはできなかったようだ。そこで保育士さんは、おやつと食事のときには集団の中に入れるように、声をかけて促していた。「みんなが同じ場所で食事をする」というのも集団の行動の場だ。

本人が一人遊びをしているので、その気持ちを変えられないし、予定変更がしにくいのは自閉症の特徴の一つだ。

「この時間になったら違うことをするのよ」と口頭で伝えても、本人には理解できない。この時間帯で水遊びをして、12時に食事だから、その30分前に手を洗って……と予定する。
「だから時計が11時になったら着替えようね」と促したりする。つまり、予告をしておくのだ。
保育士さんは一般的な発育とともに、その子の発達状態を見ている。
指先があまり器用でない子であれば、「細かい豆をつまめるようにする」など、発達に合わせた目標を設定する。そして、園ではそれを実現するための用意をしておくのだ。
一つずつ、できることを増やしていく。成功体験があれば、さらなる発達を促し、できることが増えていく。
園では、子どもを自由に遊ばせてくれた。
克行は園舎の外にある流しで水遊びをよくしたようだ。水道から水を出し、左右のコップに水を入れて、それを交互に入れ替える。また、一人で砂遊びをしていることも多かったようだ。
だが、集中してしまうと、ずっとそのことにこだわり、遊び続けることになる。
先生方は、おやつや食事時間をきっかけに次の予定にうまく移行できるように、気持ちを切り替えられるように対応をしてくださった。
克行の笑顔が増えた。ニコニコしてバスに乗り、毎日通う姿を見て、親としてはホッとしていた。
集団の作業には興味がないことや、気持ちの切り替えが難しいこともよくわかってきた。どうやら、こだわりが強いということも。

先生方とのやりとりで克行の特性が次第に見えてきた。

「これをやりたい！」と思ったら、それに集中する。

「今日はこれ、明日はこれ」とはいかない。

「晴れたから買い物に行こう」と誘っても、本人の中でそういう気持ちになっていないと難しい。修正するにも時間がかかる。

こだわりに対応するための心の準備には、彼の気持ちに寄り添うことと予告が必要だ。この時期に学んだことである。

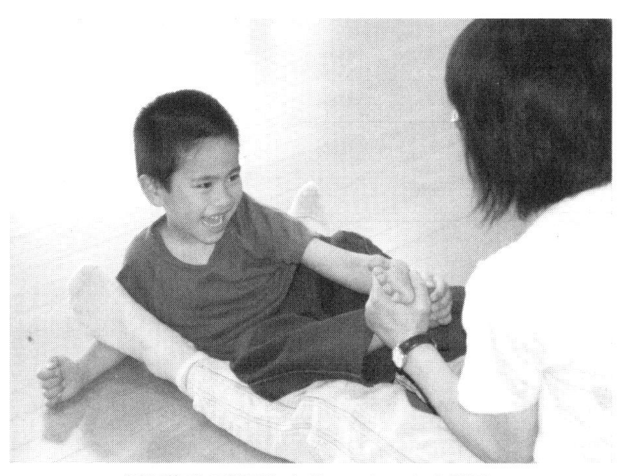

通園施設の親子レクリエーションの様子。

3. 克行の個性とは？

克行の個性がどういうものなのかを、親の私も彼の発達を見ながら、勉強させられる日々であった。

どうしたら克行が気持ちよく過ごせるのか？

予定を突然変更するといった、突発的なことにはうまく対応できず、パニックになって騒いでしまうこともあった。

その対応策として、前もってどのようなことをするのかを、克行に伝えるようにしていた。克行は、耳から入る言葉よりも、目で見て受け取る情報がより強く印象に残る視覚優位であることから、言葉だけでは伝わりにくかったり記憶に残りにくかったりした。そこで絵カードなども活用して、頭と心にアプローチして指示するようにした。

いかに本人とコミュニケーションが図れるか、と考えて対応していた。

克行は言葉を発することが少ないので、はたから見れば、何を考えているのかよくわからない感じがあるだろう。

克行なりに好奇心が旺盛で、興味を持って遊んだり行動したりしていると思う。だから、克行の目的や意図があって行動していることを理解し、こちらが寄り添うことは大変重要だと思う。

客観的に見て危険なこと、命にかかわることを教えながら、本人のやりたいことを､なるべくできるようにしてあげること。それを大切にしてきた。

家での過ごし方も通園施設のやり方と合わせながら、本人のやりたいことを優先して対応ができるようにする。

日々の生活を楽しく過ごせるような配慮を、親なりに考えて対応した。一緒に楽しめるところは、私も楽しんで過ごす努力をしていたと思う。

克行の思いはどのようなものか？

本人の表情から察するわけだが､言語､非言語のコミュニケーションの難しさを、この時期、あらためて勉強させてもらったと思う。

「子育ては親育て」とは、よく言ったものだと実感した。

私はこの言葉を自分にも、そして、子育て中の親にもよく使う。

言葉が少なくても本人の表情を見ながら、楽しいことはどんなことなのかを考える。

通園施設に通っていたときは、克行と触れ合う人々、彼が経験したさまざまな行事などを通して、私はたくさんのことを学んだ。

克行にかかわってくださった通園施設の先生方や友だち、保護者の皆様、福祉サービス事業所職員の皆様などとのご縁に、感謝の気持ちでいっぱいになる。

克行は年長児まで通園施設にお世話になり、無事に卒園することができた。

4. 赤いはんてんで行方不明

克行が３歳になった冬の日。クリスマスが近い、12月のある日のことであった。

晴れた日で、夕暮れ迫る午後４時頃、空が薄暗くなってきた。

私は、娘と克行と３人で車に乗り、娘の友だちの家を訪問した。克行は赤いはんてんを着ていた。

その家に着くと、用事は数分で終わるので克行を車の中に乗せたまま車の鍵を閉めて、私は娘と車を降りた。

家を訪問して２～３分話をし、車に戻ると車の鍵が開いていて克行の姿はなかった。

「え？　どこに行ったの？」

私は慌てた。赤いはんてんを着たまま、克行はどこかに行ってしまった。ここは、克行にはあまり土地勘のない場所だ。

訪問先の友人に事情を話し、近所の人と一緒に克行を探し始めた。

車を停めた周囲をざっと探したが見当たらない。

だんだん日が暮れて、辺りは暗くなってきた。そのうえ、寒い季節だったので、いろいろな心配が私の頭をよぎった。

家に自分で帰れるだろうか？　見つからずに凍えてしまったらどうしよう？　事故にあったらどうしよう？　警察に保護されるだろうか？　次から次にいろいろなことを想像してしまう。

父親に電話をかけて相談し、警察に連絡をした。そして、親戚にもお願いして、みんなで克行を探すことにした。

自宅の周り、近所の家の周り、訪問先の友だちの家の周り、克行が行きそうなスーパーマーケットなどを手分けして探し回った。

わが家と訪問先の家とは４キロほど離れていた。時計は午後６時を回った。日が沈み、私の気持ちは焦る。

おなかは空いていないか？　寒くないか？

山梨の12月下旬の気温は、日中は気温が10度を下回ることも多く、朝は氷点下になることもある。はんてんを着ていても、かなり寒いはずだ。

３歳児の足では自宅へ帰るのもままならないだろう……。そもそも帰り道がわかるだろうか？

この地域では自治体の防災無線がある。ときどき認知症のお年寄りなどが「家から出てしまい帰って来ない」という放送が流れることがある。

克行も防災無線のお世話にならなくてはいけないのか、と頭の中に考えが巡った。

とにかく、今はみんなで気になる場所を探すよりほかはなかった。
私は自宅に一旦戻ることにした。何であったか忘れたが、何かを取りに戻ったのだ。自宅に着いたのは夜７時頃だった。
あれ？　２階の部屋に電気がついている。家を出る前、電気はつけていなかったと思う。
家族は出払って克行を探していて、今は誰もいないはずだ。みんなで克行を探しているのに電気がついているのはおかしい。
まさかと思いながら、駆け上りたい気持ちを抑え、おそるおそる２階へ向かった。万が一だが、見知らぬ人がいる可能性がないとはいえない。
部屋のドアを開けるとベッドの布団の中でスヤスヤと眠っている克行の姿が目に飛び込んできた。 赤いはんてんを着ていた。
私はびっくりして言葉が出なかった。どれだけホッとしたことか。涙が次から次にあふれて、止まらない。
克行は４キロ近くある道のりを、暗い中をたった一人で歩いてきたのだと理解した。
その能力たるや！　さっき車で通った道が、克行の頭の中にはしっかりと刻み込まれていたのだとわかった。
「来た道を戻れば家に帰れる」という本能的な、何かすごい能力があるのだ。そのことを理解し、驚いた。親として、克行のすごい能力を知った瞬間であった。

父親と警察に連絡し、本人が家に帰っていたことを伝えた。

警察の方からアドバイスを受けた。

「今は GPS 機能のついた見守り携帯などもあるので、お子さんに持たせるとか、カバンに入れておくとか、そういう手立てをしてはどうか」とのことだった。

その頃、ちょうど克行のマイブームは、2 階のベランダからいろいろな物を投げることだったので、せっかくの警察官からのアドバイスも役には立たないと思った。きっと携帯電話を持たせても克行は投げたり、捨ててしまったりするのではないかと思った。

それからは、カバンや衣類に名前と住所を書くようにした。

ただし、克行は気になると、その部分を破いたり取ったりしてしまうだろう。少しでも気にならないようにと、衣類の腹部の見えないところに名前と住所と連絡先を縫いつけることにした。お気に入りの衣類を中心に数枚、用意した。

この頃は、まだ個人情報についてうるさくなく通園施設には名札を付けて通園していた。

5. お出かけと自由行動

この時期、克行と娘と私の３人でさまざまな遊びのイベントなどに出かけた。私がトイレを済ませる数分間に、克行がどこかに行ってしまうことが何度かあった。また、克行はしゃべらないため、行き先を告げることなくトイレに行ってしまい、探したこともあった。

父親は、克行と一緒に何度か東京の上野動物園や多摩動物公園に行ったことがある。

そのときも克行がどこかに行ってしまい、探したという。克行のお気に入りの動物のコーナーを何か所か探し回って、やっと本人を見つけたこともあったと言っていた。

長野県の山中での自然に触れるイベントに参加したときにも、克行は突然いなくなってしまった。

「また警察のお世話になるのだろうか」という思いが私の頭をよぎった。

イベント会場近くの山道を２度、車で行ったり来たりして探した。すると途中で、克行を見つけた。

歩いて山梨に帰ろうとしたのだろうか？　もしそうだとすれば、ある意味すごいことである。

克行のこれらの行動のおかげで、私は克行に気を配ることが増えた。
　家から徒歩 30 分ぐらいの会場でイベントがあり参加したときのこと、またしても克行の姿が見えなくなった。
「きっと家に帰っているのだろう」と落ち着いて考えるようになった。
　そして、家に帰ると克行の姿を確認できた。
　克行は、イベントで自分の興味があることが終わると帰りたくなるようだ。そのときは食事がそうだったようで、食事をしたあとはゲームなどには目もくれず、さっさと家に向かうということがわかってきた。
　娘は身体を動かすよりはお話をしたり聞いたりすることが好きなので、イベントのゲームなども楽しみに参加していた。だから、親もそばについていやすいし、どこにいるのかもわかりやすかった。
　対照的に克行はしゃべらないので、自分の好きなものや興味があることには突進する。親や周りの人には何も言わずに急にどこかへ行ってしまうので、一緒に出かけると周囲はハラハラ、ドキドキのスリルを味わうことが多かった。
　親だけではなく、福祉サービスの事業所の方にお願いするときにも、スタッフの方は克行から目を離さないように環境を整えてくださり、ご苦労もご迷惑もずいぶんおかけした。
　歴史上の人物や現在の有名な方には、このように先の行動が読みにくい人が数多くいると聞く。エジソンや坂本龍馬、野球選手のイチローやAppleの創業者、スティーブ・ジョブズなどもそうだと聞いたことがある。物事へのこだわりが強く、個性的な世界の偉人である。

こうした人は、普通の人とは違う秀でた能力を持っているのではないかと言われている。

克行の友だちに、自閉症の特性を持ち、自分から他人にうまく話しかけられない人がいた。彼は親とカラオケに行き、数時間カラオケを歌うことがあり、聞かれたことには返事ができた。彼は、過去や未来の「西暦○年○月○日は何曜日である」とすぐに答えられる能力を持っていた。

人は十人十色。100人いれば100様、それぞれ素晴らしい個性や能力を持っている。

あるとき、詩人・金子みすずさんの「みんなちがってみんないい」という言葉を知った。そのときから私は「克行の個性を丸ごと受け入れて寄り添っていこう」と強く心に決めた。

6. 車の通行を止めて警察のお世話になる

克行が3歳の頃、またしても家から知らない間にいなくなることがあった。

ある日、姿が見えないため道路に出て探していると、自宅から300メートルほど離れた国道の脇に行っていたことがわかった。
　どうやら、そこで車を止めてしまったようで、道の真ん中に立っていた克行を年配の男性が保護してくださっていた。
「道の真ん中に飛び出してきて、慌てて車を止めた。駐在所に行ったが、お巡りさんがいないので警察署に連絡をした」と言う。
　私は「申し訳ありませんでした。気をつけます」と言うのが精いっぱいだった。
　本人なりに車に興味があるのはわかっていた。このとき、何か道の真ん中で楽しいことがあったのかもしれないと思った。
　とは言っても、車のドライバーからすれば、子どもが道路に突然飛び出して来たのだから驚いた。危ないと思うのは当たり前のことだ。
　車で子どもをはねたり、ひいたりする可能性もあり、そのリスクを考えると、大変迷惑をかけてしまったと、あらためて気づかされた。
　それ以降、克行が家の中にいないと心配することが増えた。
　近くの道路でウロウロして、近所の人から注意されたり、親に連絡が入ったりすることもしばしばあった。
　克行に、危機管理をどのように伝えたらよいのか？
　命にかかわる危ないことは、きちんと教えていかなければならない。しかし、「車のところに一人で行くと危ないよ」と言うぐらいしかできなかった。
　克行は自分の世界に入っていると周囲が見えていない。だから「克行は今、どんなことが楽しいのだろうか？」と常に私は考えた。
　一緒に国道に車を見に行ったり、男の子が好きそうな遊び、ミニカーを買って遊ばせてみたりと、考えられることはしてきた。
　自分からしゃべらない克行の気持ちに、少しでも寄り添ってみようと考えた。
　克行は言葉を発せずとも、うれしそうな顔をしてミニカーで遊んだり、国道の脇で車を見ていたりした。
　私もうれしくなった。

7. 医師から自閉傾向を指摘される

　3歳児健診を過ぎた頃、克行の療育手帳の取得を考えた。
　国道で車に迷惑をかけたこともあったため、もし病気であるなら診断があったほうがいいかもしれないと思ったのだ。娘が知的障がいで療育手帳を取得していたので、克行も取得できるのか、確かめることにした。
　児童相談所を訪ね、どのようなことが心配であり問題であるか相談した。克行は現在、どのくらいのことができるのか、生活年齢に対してどの程度発達が進んでおり、生活の中で何ができるのかを評価していただいた。

私は、親の立場からみてどのぐらいのことが生活の中でできているのかを問診用紙に記入し、相談員の方と話をした。

その間、克行は別室で発達検査等を行ってもらった。手帳を取得する際には、本人の心理的な発達面と親からの話に加え、医学的見地からの医師の判定が必要であった。

医師から家庭の中でどのような状況で困っているのか、何が心配なのかと聞かれた。

私は「言葉の遅れや、それに伴い行動が危険をはらむこと。多動的で一人で判断してどこかに行ってしまうこと」などを伝えた。健常な３歳児としての発達とは明らかに違った発達の遅れが気になっていたのだ。

医師からは「自閉の傾向がありますね」と言われた。

今までも、近くの小児科のホームドクターからも何回か自閉の傾向があると言われていた。保健師としてもそう感じていた。

しかし、あらためて「自閉の傾向がある」とはっきり言われるのを聞いた。私が腑に落ちた瞬間であった。

「やっぱりそうであったか」。ある意味、ホッとして受け止められたように思う。

『自閉の傾向のある克行』。そうした個性を持つ克行を、どのように育てていけばよいのか。

親として、克行の個性をどのように伸ばすことができるのか。どうサポートしていければよいのか、あらためて考えるスタートになった。

8. 山梨県自閉症協会入会と療育キャンプ体験

３歳のとき、克行の療育手帳を取得した。

医師から自閉の傾向があると言われたあと、家族会のようなものがきっとあるだろうと考えて調べてみた。 病気や悩みごとなど、いろいろな分野で当事者や親の会などの団体は存在する。きっと私と同じ悩みをもつ家族とつながる場所があるだろうと思ったのだ。

そうして「日本自閉症協会」があることを知った。

これを機に、自閉症のことをもっと勉強してみようと思った。そして、自閉症の子どもを持つ親や団体がどのようなことに取り組んだり、どのように子どもと接したりしているのか知ろうと思い、私は入会を決めた。

日本自閉症協会の各県の支部的な役割として、山梨県自閉症協会がある。同協会に入会したのは、克行が通園施設の年長児の頃であった。

会では定期総会やイベントなどが行われており、年に２回の療育キャンプがあることを知った。

克行を療育キャンプに参加させたいと思った。

それは、自分の内側に閉じこもってしまう世界から、少しでも広い視野を持って成長してほしいと思う気持ちからだ。そして将来、私たち親の亡きあとの準備の一つとして、親と離れる体験をしてほしいとの思いもあった。

1泊2日のキャンプは、親子一緒ではなく子どもだけが参加し、現地で子どもたちは、ボランティアの大学生や役員さんのサポートを受けるという内容であった。

今から思えば、克行にとってはハードルが高く勇気がいる内容だったかもしれない。それでも、年長児のときには通園施設で1泊のお泊まり保育に参加したことがある。初めて親から離れる生活を体験したのだ。

その経験があったので、勇気を持って山梨県自閉症協会の療育キャンプに参加することを決めた。

キャンプの行程は、甲府市にある山梨県立考古博物館から午後に出発して、片道1時間ほどの距離の清里へ向かい、そこで1泊して翌日昼まで過ごして出発した場所で解散という、約24時間の内容であった。

夏休みの8月の出発日、集合場所へ行くと、古墳関係の建物がいくつかあった。 どことなく居心地がよさそうな竪穴式住居などは、克行も興味を持ちそうだ。

克行は出かけたくなかったこともあったのか、集合場所に着くと、すぐに竪穴式住居の中に入り込んでしまった。なかなか出てこずバスに乗ろうとしなかった。

こんなとき、視覚優位の傾向のある自閉症の子どもたちにとって、言葉での指示はなかなか耳と頭に入らない。

そこにボランティアの大学生が「絵カード」を持ってやってきた。

カードは10種類ほどあり､1枚ずつカードを見せながら「トイレに行きたいのかな？」「食事」「寝る時間」「バスに乗る」などと、絵を見せて内容を示していく。子どもたちにメッセージをわかりやすく伝えるのだ。

ボランティアの大学生は、いつでも使えるように準備しているのだろう。それぞれがこのカードを持っていた。

絵カードを克行に見せながら、ボランティアの大学生と一緒にバスに乗り込むように声かけをした。すると、その絵カードを克行は大変気に入って、スムーズにバスに乗り込んだ。

克行は無事、キャンプへ出発することができた。

その絵カードがなかったら、克行は竪穴式住居から出てこなかったかもしれないと思った。そうしたら、療育キャンプに参加することができなかっただろう。このとき、絵カードの効果をあらためて実感した。この体験のおかげで、家庭でも克行に絵でわかりやすく説明できるツールを使うきっかけになった。

療育キャンプには幼児から中学生ぐらいまでの自閉症の子ど

もたちが参加していた。

翌日、解散場所である山梨県立考古博物館に克行を迎えに行った。
克行の表情からは、出発のときの不安な様子はすっかり消えていた。笑顔の表情がうかがえ、「きっと楽しかったのだろう」と私はホッとした。緊張しながらも、優しい大学生ボランティアのお姉さんやお兄さんと一緒に楽しい時間を過ごすことができたようであった。送り出してよかったと思った。
毎年２回ある療育キャンプではあったが、克行にとって、これが最初で最後の療育キャンプとなった。
これ以降、何度かキャンプに誘ったが、本人はかたくなに「イヤだ」と言葉を発し、強く「行きたくない」という反応をした。
克行はなかなか集団の中に入ることができず、ほかの人と一緒に出かけることが好きではないということが、あらためてわかったキャンプであった。
あとにも述べるが、小学部のときなど、お泊まりの体験学習を学校の勉強として実施している。そのときは1か月前から「行かない」と大騒ぎであり、もちろん当日の朝の出発も大変であった。
それでも行事に参加すると、毎回笑顔で「楽しかった」の言葉が返ってきて、うれしそうにしているのが印象的であった。

9. ポーテージプログラムとのご縁

克行が4歳4か月の頃、ポーテージプログラムとのご縁をいただいた。娘は克行よりも3年前に、療育教室に通っていたときに保健師さんに教えていただき参加していた。

ポーテージプログラムとは、1972年にアメリカのウィスコンシン州ポーテージで誕生した、発達障がいの子どもを持つ親のための支援プログラムである。現在では世界34か国語に翻訳されて、活用されている。

「ポーテージ早期教育プログラム」というのがある。これは、一人ひとりの子どもの発達に応じたアプローチをし、家庭を中心に行われる個別プログラムである。

娘は1か月に1度、勉強のためにポーテージ早期教育プログラムの先生の元へ通っていた。発達段階が6歳までの内容だが､克行も姉である望も小学部になっても学びが必要であり、克行は10年以上通った。

克行は、先生とのやりとりを20分ぐらいの時間、集中して取り組むことができた。先生のやる気にさせるご指導の賜物であったと思う。

担当の先生が高齢となり、克行も中学生になって年齢が上がったこともあり、卒業することになった。その間、毎年親も文集の原稿を書かせていただき、さまざまなことを子どもや先生から教えていただいた。

年に１度のポーテージの仲間との交流会にも参加した。そこで乗馬などの貴重な体験をさせていただいたのも、よい思い出となっている。

第３章

小学生になることの高いハードル

1. 就学時健康診断でパニック！

こだわりの強い特性を有する子どもを持つ親の悩みの一つに、小学校の就学がある。子どもの個性を伸ばす教育と言うが、それにもいろいろな形があると思う。そして、親もいろいろな思いを持っている。

人生をどのように生きるのか？ せっかくなら楽しく過ごしてもらいたい。

「子どもが自分でこうしたい」という意志がある場合も多く、私はそれを尊重したいと思う。

自宅のすぐ近くに、山梨市立山梨小学校がある。

この小学校は、近くの県立ろう学校の生徒さん達とマラソン大会などの交流をしてきた歴史がある。

小学校の PTA も、ろう学校の見学学習会などを行っていて、地域社会の共生型のさきがけにもなっていたのだろう。

小学校に設置された支援学級も「自閉症・情緒障害特別支援学級」、いわゆる情緒学級があり、熱心な先生が多かった。同じ学年の普通学級の同級生とも仲よく学んだり、交流ができたりする雰囲気のある学校であった。

入学時に、それまでなかった肢体不自由特別支援学級を教育委員会にお願いしてつくっていただき、娘は山梨小学校に６年生まで通った。
「子どもには地域で育ってほしい」という、私たち親の思いがあった。
教育委員会に相談し、小学校の玄関から教室まで手すりをつけていただくなど、環境整備をしていただき、大変感謝している。足の筋力など体力的に大変なこともあっただろうが、娘はなんとか通うことができた。
娘はみんなと一緒にいるのが好きなタイプで、みんなを受け入れていた。
一方、克行は娘とは対照的に、自分のことで精いっぱいだった。自分の気持ちに正直で、状況に合わせて変更がきかない。考えを切り替えることができないのだ。
気持ちが落ち着かないと困ってしまい、トイレに逃げ込んでしまう。いたたまれなくなって、その場からいなくなりたいのだろう。
克行も山梨小学校に通うことができればよいのだけれど。
翌年４月から克行が小学生になるという年の 10 月、どれだけできるかわからないが、挑戦する気持ちで就学時健診を受けてみることにした。

いよいよ就学時健診の朝が来た。

克行は朝から緊張気味であった。私と手をつなぎ、会場となる小学校へ向かった。

校門をくぐり、玄関で上履きに履きかえる。ところが、それがなかなか大変であった。

通園施設では上履きを使用していたが、履くことが苦手で裸足で過ごすことが多かった。そのため、上履きを履くことに慣れていない。普段やっていないことだから、克行にとっては大変難しかったのだろう。

私は克行に上履きを履かせたのだが、何度履かせてもすぐに脱いでしまった。しかたないので上履きを履かせるのはあきらめて、上履きを手に持って控え室に向かった。その後も、上履きを履かせては脱ぐことの繰り返しだった。克行は裸足でないと落ち着いていられなかった。

控え室での待ち時間では、克行は５分おきにトイレに行く状況になった。今から思えば、本人なりに頑張っていたけれど、慣れない環境でかなりのストレスだったのだろう。

そして、歯科検診。口を開けて、歯科医に診ていただくことになった。

「ぎゃー！」

克行は大きな声で騒ぎ始め、体をバタバタさせて全身でいやがっている。克行は歯医者には行っていたので検診はできるだろうと思っていたが、そうはいかなかった。

体を触られるのがいや？　口の中を見せるのがいや？　何をされるのかわからないのがいや？　何がいやなのかわからないが、とにかく拒否反応を起こした。

歯科衛生士さんの前で座っていられない状態に陥った。これはだめだ。一度パニックになると、こちらの言うことは耳に入らない。場を変えないと落ち着くことができない。

克行を連れて廊下に出た。少し落ち着いたが、とても検診を受けられる状態ではなかった。

本人にとっては、今までにない初めての状況で戸惑ったのか、怖かったのか。どうしようもなくなって、パニックで大声を出してしまったのかもしれない。

手がつけられないほど泣き叫ぶ克行の姿を見て、本人に大変な負荷がかかっていることがわかった。

このような状態になってまで地元の小学校に通うことが、克行にとってよいことなのか？　私の中で迷いが大きくなった。

2. 小学校の支援学級？　支援学校の小学部？

克行の進路を考えるとき、姉である娘の経験が役に立った。先に述べたように、娘と克行では、何もかもと言ってよいほど異なるのだ。

娘は６年生まで小学校に通学し、支援学校に中等部から入学した。小学校では肢体不自由特別支援学級と普通学級（親学級）で過ごした。娘は人とかかわるのが好きで、名前を覚えて友だちとコミュニケーションをとっていた。

ただ、学年が進むにつれて普通学級での勉強が難しくなっていった。友だちと過ごせるので学校は好きなようだったが、学力がついていかなかった。高学年になるとさらに大変になって、多くの時間を支援学級で過ごすようになった。

先生は気を使って、普通学級での交流を意識的にしてくれたようだ。

PTA などで学校へ行くと、そのように感じた。私は娘のことで、かなりの頻度で小学校を訪ねていた。

女子はグループになって行動するケースが多いので、娘のように 2 つの学級を行ったり来たりするとグループに入るのが難しいと聞いたことがある。それがあるのかどうかわからないが、支援学級から、5 年生ぐらいで支援学校に移行する人もいる。

また、ほかの小学校では、車椅子の子どもの場合、授業の内容によっては親が迎えに来るように言われることがあるようだ。親が働いていたら、放課後デイサービスを利用することもあるだろう。毎日の送迎は親の負担が大きいので、送迎がある支援学校を選ぶ場合もあると聞いた。

子どもの状況によって、また家庭の状況によっても選択はさまざまだ。

克行は支援学級で緊張して過ごすよりも、支援学校で一つ一つのことを手厚く指導してもらいながら、生活習慣を身につける方がよいのではないか？

どちらに通学するとしても、ストレスであろう。ストレスがより少なく、日々気持ちよく過ごせる環境で成長できる方がよいのではないか。

「学級崩壊」という言葉を聞くようになった時期だった。

もしかすると、人とかかわるのが難しい克行がその要因になってしまうのではないか。周りの子どもが勉強する環境に影響を与えてしまうのではないか。支援学級に行っても授業にならないのではないか。克行は支援学校に通学した方が、先生も本人もホッとするのではないか……。

本人、先生、周りの人々のストレスや本人が教育を受ける環境としてどうなのか。さまざまな思いが胸をよぎった。

当時は、私の期待もあった。

「お姉ちゃんができたから、克行もできるかもしれない」と私は思った。

就学時健診のとき、５分おきにトイレへ駆け込んだ克行。２～３分あれば自宅に帰れるけれど、小学校の中に留まった。彼なりに必死で頑張っていたのだ。

親の期待に応えようとする克行がいたのかもしれない。

あの日、克行は思っていたかもしれない。
「なんでこんなところに来なくちゃいけないの？　怖いよ、イヤだよ！」と。

克行の気持ちが穏やかになれるのは、支援学級か支援学校か？
克行の人生の主役は、克行である。それを優先して答えを出していこう。

3. 支援学校小学部を選択する

克行を支援学校に通わせることを決めた。
私はある意味、ホッとした。 克行も、きっとホッとしたのではないかと思う。
どこまで親がサポートするのか、悩むことが多々ある。子どもがこの先、大人になっても、人生において本人が決められない部分は親が決めていかなければならないこともある。
高等部に進学しても、先生や親が誘導してやっと自分の名前を書ける子、言語を使うのが難しい子などは、ある程度、親が道筋をつけていくしかない。一方、学校を卒業したあと、将来的にはグループホームなどでサポートを受けながら、自立を目指す場合もあるだろう。

「子どもが自分でこうしたい」という意志がある場合も多いし、親もいろいろな思いを持っている。せっかくなら、楽しく過ごしてもらいたい。

この選択が克行にとってよい方向へ行くことを願った。

4. 入学式にどうにか出席

3月になって、4月の入学式に向けて準備を始めた。

克行は普段から、新しいことには抵抗がある。支援学校という新しい場所に行くのも大変であった。当日いきなり学校に行くのは難しいので、事前に情報をインプットすることからスタートした。

私　　「入学式、行く」

克行　「イヤだ」

私　　「1年生」

克行　「イヤだ」

入学式の1か月前から、「イヤだ！」と朝から晩まで騒いでいた。

親としては、少しずつでも穏やかに心の準備ができるように考えた。体操着などの持ち物に名前を書くとき、克行に声をかけながら「小学校に行く」という意識づけをしていた。

しかし、それが克行には心の負担になったのかもしれない。

そして、入学式の朝。克行は「行かない！」と騒ぎ出した。「終わったらレストランで食事をしよう」などとなだめて、どうにか父親と二人がかりで克行を連れ出した。

支援学校に着くと、案内された小学部１年生の教室で待機した。支援学校の小学部１年生は、克行を含めて７人だった。

教室の近くに、克行の心が動きそうな金魚の水槽があった。案の定、興味を持ったようで、集中してずっと金魚を見ている。騒いでいた克行が静かになった。

次に、入学式の会場となる体育館に移動するとき、克行はどうにか体育館の手前にある控え室まで歩いた。

小学部に入学。水槽に目が釘付けになった。

克行はトイレに何回も行き、なかなか落ち着いていられない。
体育館の中に入れるのか？　みんなが見ている中で歩けるのか？　親としてはドキドキだった。
ついに入学式が始まる。新１年生の入場だ。
親と手をつなぎ、順番に体育館の中へと入って行く。克行がどこかに行ってしまわないように手をしっかり握って歩いたとき、彼の緊張が伝わってきた。
新入生の椅子のところまで行き、着席することができた。
かなりのプレッシャーの中でも、克行なりに頑張って環境に適応していたのではないかと思う。ほかの子も足をバタバタさせながらも、どうにか座っていた。
校長先生、PTA 会長の挨拶のあと、新入生の名前が呼ばれ、最後に全体写真を撮影して入学式は終了した。
式が終わるまで椅子に座ることができた。すごい！　どこかに行かなかった！　まさかできるとは！
実は、体育館にすら入れないことを覚悟していた。
「克行、やればできるじゃないか、すごいぞ！」と私は心の中でガッツポーズをした。
入学式の間、克行と私たち夫婦が並んで座る。これもめったにないシーンだ。感慨深い。
終わってしまえば、１か月間「イヤだ！　イヤだ！」と騒いでいたことが嘘のようだった。克行も父親も私も、ホッとした顔をしながら集合写真に収まることができた。
　そして、担任の先生が待つ場所で私たちは克行と一緒に、教室でのお話し会に参加することができた。
　ついに、今日から１年生。卒業まで先は長い。
「克行にとって大変なこともあるだろうが、楽しいことがいっぱいあればよいな」と心から願った。
　友だちと仲よくして、よい仲間を得て、よい形で成長してくれたら。
　人とかかわることがあまり好きではない克行。同級生には、自発的に言葉を出すのが難しい子もいた。担任の先生は優しく熱心な印象だ。
　子ども７人に対して、４人の先生が配属されていて、子どもたちの様子をよく見てくれそうだ。
　まずは、学校に慣れること。スクールバスで通うこと。一つ一つ学校の生活に慣れてほしい。私はそう願っていた。
　友だちや先生と楽しく仲よく過ごすことが、当面の目標であった。

第４章
支援学校での手厚い
個別支援に感謝！

1. 小学部での生活と「大きくなりたくない」

　支援学校の小学部1年生となった克行はスクールバスで通学する日々が始まった。
　朝8時15分ぐらいに指定されたバス停にバスが来るので、バス停までは親などが送迎する。
　バス停は、家から歩いて10分ぐらいのところにある。
　わが家の送迎担当は、農業に従事する父親が中心であった。山梨では生活に車を使うことが多く、送迎も車での移動が多かった。
　克行が無事にバスに乗ったところを見て､朝の送りは終了だ。私が送迎を担当したときは、バス停でほかの学年の親御さんとお話しすることもあった。
　支援学校は小学部から高等部まであり、親御さんもさまざまな学年の親御さんがいるので、学校行事をはじめ、これからの学校生活について教えてもらうことができた。
　学校には全体で100人ぐらいの先生がいて、PTAは小学部・中学部・高等部に分かれていた。
　年に1回、高等部での実習先や就労のことを考えて、支援学校では希望する保護者のために通所施設の見学会があり、学校で何種類かコースを作って保護者が見学に行くという。将来のために、小学部のときから見学していた親御さんも多い。
　当時、文化祭は小学部・中学部・高等部と合同で行っていたので、親同士の交流もあった。
　娘が同じ支援学校が会場の土曜日の太鼓部に入っていたので、私はほかの学年の親とも交流ができた。こうしたつながりは情報交換の場になり、ありがたかった。
　学校行事のこと、学年や学級による取り組みのこと、子どもたちの個性的なエピソードなど、話は尽きなかった。 子どもたちの個性はさまざまで、親の悩みもさまざまだと、あらためて感じた。
　やがて母親同士の付き合いが深まるにつれて、先輩である母親たちにたくましさや大らかさを感じた。それぞれの方の背景にはつらいこともあったであろうと想像するが、それに向き合って、乗り越えてきた強さなのだろうか。

　バスが来るまで、バス停の周りを散策する子、静かに親と一緒に立って待つ子……。バスを待つ間の何気ないシーンでも、それぞれの個性を感じられた。
　克行は、バス停の周りで興味を持った石や植物、虫などを見て遊んでいた。
　体調や気持ちによって、バスになかなか乗れずに泣いてしまう子もいた。克行はバスに乗ることには抵抗なく、すんなりと乗車し、座席に着くことができた。普段、家族とドライブに行くこともあり、車に乗ることは好きだったと思う。バスに乗るのが楽しいのだろうか、いつもニコニコしていた。
　支援学校の小学部は１学級６人、先生は１人以上の配置基準があり、子どもに重複障がいがある場合には、より手厚くすることになっている。支援学校の先生は、子どもたちの個性に合わせて、やる気をひき出すかかわりをしてくださった。

2. オーダーメイドの教材

　克行の学年では、小学部の子どもたちは１学年が１～２学級だった。
　中学部は地域の支援学級に通っていた子どもたちも一緒に学ぶ。高等部は、支援学校中学部からと、地域の中学校の支援学級などから受験する子どもが一緒に学ぶ。
　支援学校の職員室には、小学部から高等部までの先生がいるので、先生の名前は、学級担任、学年、学部の先生を覚えるのがやっとである。
　克行は学校生活においては、担任の先生や学校の行事などのお話や写真から、楽しく過ごしていることがわかった。
　給食では野菜が苦手だったので、ときどき残すことがあったようだが、だいたいはほとんど食べていたようだ。

１年生は学校に慣れることも大切である。

午後の１時半から２時ぐらいに、克行はバス停に帰ってきた。

支援学校の先生たちは、密度の濃い接し方をしてくださった。教材も、個性に合わせて心を動かされるような教材を熱心に作ってくださった。

克行に対しても、手を替え品を替え、飽きないようにいろいろな工夫をして、本人の興味と成長にかかわっていただいた。

視覚優位な特性があるので、絵や写真を使ったプリントを使うのだが、たとえば「あいうえお」の文字の周辺に、それぞれの子どもが興味を持つような絵を入れ込んでいたり、興味や学力が違う、一人ひとりの発達に合わせて教材を使うのだ。

小学部の高学年や中学部になると、プリント１枚でも教材を作っていた。やる気にさせる、取り組みやすくさせる、そのための誘導の仕方。興味があることから始めて、集中してプリントに取り組む。そういった時間の工夫もあるようだ。

実際、１時間近くの間、教室で座っているのは、子どもには大変なことだ。

上の学年になるほど教材はオーダーメイド化されて、一人ひとりに合うものへと変わっていった。遅くまで残って準備をしてくださる先生も多く、ありがたかった。

克行の同級生たちも、自閉傾向の人が多い印象だった。それぞれにマイペースではあるが、日々生活をともにしている「同級生」という、同じ教室で学ぶ仲間意識が芽生えてきたようである。

克行については、集団での生活が少しずつ成り立ってきて、仲間を意識するということができるようになってきた。

先生からの連絡帳に、うれしい言葉があった。

「みんなと一緒に給食を食べることができました」

「社会科の授業で、みんなで学校の周りを散歩しました」

「プランターに種をまきました」

「校庭のブランコに順番に乗りました」

三者懇談のときにも、克行が穏やかに過ごせている様子を感じることができた。

いつの間にか集団行動ができていた。

「みんなと仲よくできてよかった」と、私は心から思い、克行なりに学校生活を楽しんでいることがわかって安心した。

１年生になった克行は、いろいろなことに取り組み、覚えていった。

宿題などは、私も一緒にやることもあった。

「克行さん、すごいね。できたね！」と声をかけると、克行はうれしそうだった。

いろいろできることが増えて私は成長を感じ、あるとき、その気持ちを伝えた。
「克行さん、お兄さんになるね」と言うと、「イヤだ！」という言葉が返ってきて驚いた。
進級や入学のたびに「大きくならない（なりたくない）」と言っていた。挑戦したり新しいことをしたりするとストレスを感じるのだろう。それがいやで成長に対する拒否があるのかもしれない。
このまま「いつまでも子どものままでいたい」ということか。

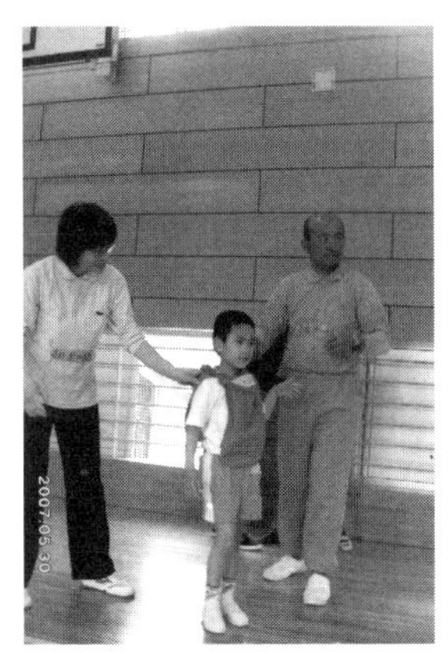

小学部１年生のとき、親子レクリエーション。

まだ小さくて、自分の気持ちを言葉で説明することができない克行。成長への抵抗を表現したのだろうと、私は理解した。
この「大きくなりたくない」という克行の思いは、小学部の入学準備をはじめ、さまざまなハプニングやエピソードを引き起こした。

3. 自転車大好き！ でも道路は危ない

支援学校の小学部の中庭に、自転車に乗れるスペースがあって、補助輪つきの自転車が数台あり、みんなで順番に乗ったり、自転車に乗る練習をしたり、それぞれに楽しむことができた。
　2年生になった克行は、私の知らない間に学校で自転車に乗ることができるようになっていて、それを先生から知らされた私はびっくりした。
　克行は運動神経がよいのかもしれない、と思った。
　娘は小学校4、5年生のときに、自宅で自転車に乗る練習をさんざんしたが、結局怖くて乗ることができなかった。以来、娘は自転車に乗っていない。
　娘とは対照的に、克行は自転車に乗ることができるという。そこで、親戚の子どもが乗っていた補助輪つきの自転車をもらい受けた。
　克行に呼びかけると、自宅の庭で上手に自転車に乗っていた。
　ある日、克行が行きたい場所に自転車で出かけることにした。私があとから自転車で追いかけていく形で付き合ったが、克行は交通ルールを理解しておらず、道路を横断するときには左右を見ることなく、いきなり突っ走って渡ってしまった。
　自転車で出かけることは大変危ないと、あらためてわかった。
　その日は1時間ほどサイクリングに付き合った。私はすでに体力的にきつくなり、早く帰りたいと思っていた。ところが克行は、まだまだ元気だ。
「もっともっと遠くに行きたい」という表情をした。
　私はほとほと疲れて、自転車に乗るのがやっとの状況だ。どうにかして家に帰ろうと促して、やっと帰ることができた。

克行のあり余る体力と興味。どんどん進んでしまう個性。自転車を通してそれを知ることになった。

克行は自転車に乗って楽しいだろうけれど、交通ルールを守りながら乗らないと車や歩行者、自転車など、地域社会に迷惑をかけてしまう。自分の身に危険が及ぶ可能性もある。

残念ながら、家では自転車に乗ることは難しいと考え、親が知らない間に出かけるといけないので、自転車に鍵をかけて乗れないようにした。

ちなみにこの数年後、高等部になった克行に一度だけ、自転車に乗るのを許したことがある。そのとき、10キロ以上先にある本屋さんとレストランまで、一人でサイクリングしていった。体力と集中力はたいしたものだと思った。

4. 買い物中に行方不明。自動車道で保護される

小学校3年生のとき、私を除く家族で自宅から5キロ以上離れたスーパーマーケットに車で買い物に行った。

会計を済ませようとしたところ、克行の姿が見当たらないことに気がついた。父親と祖母と娘と、さっきまで家族4人でいたのに。

近くを探してみたが、いったいどこに行ってしまったのか見

つからない。さらに、あちらこちらを探した。
　克行には「一度通った道を帰る特性」がある。だから、きっと家に向かったのではないかと考え、自宅に帰ろうと車を停めてある駐車場に向かったとき、父親が西関東連絡道路から出てきた国土交通省の黄色い車を見つけた。自宅の方面から来た車だ。もしかしてと思って、ドライバーに声をかけた。
「子どもが自動車道にいなかったか？」と尋ねたのだ。
　すると、男の子が自動車道を歩いていたので、警察に通報して保護された、とのことだった。
「克行に違いない！」
　それを聞いた父親は、すぐに警察署に向かおうとした。
　ところが、パトカーが警察署へ向かう最中に、保護された克行が「かえで支援学校」と言ったため、行き先を支援学校に変更していた。
　支援学校からも父親に連絡が入った。家族は車で支援学校に向かい、克行を引き取った。やっと無事に自宅へ帰ることができた。
　克行はホッとした表情をしていた。父親がホッとしたことは言うまでもない。

5.「トムとジェリー」のDVDにはまる

克行は、父親とよく買い物に行く。

外で父親の車の音がすると、克行は出かけたくなるらしい。父親の車の助手席に乗って一緒に出かけるのが好きな様子であった。

克行が小学校3年生のときのこと。ホームセンターに行ったとき、DVDのコーナーに立ち寄った。そこには、克行が興味のあるディズニーシリーズなどのDVDがあった。

その日、トムとジェリーが気に入ったらしく、父親がDVDを1枚買ってあげた。

ホームセンターには2週間に1回ぐらい行っていたが、そのたびに克行はDVDコーナーに寄るようになった。

帰宅すると克行はDVDを見ていた。

毎回、トムとジェリーのDVDを欲しいと意思表示してきたらしい。もちろん、違うストーリーのものだ。トムとジェリーのシリーズを揃えたいと思ったのだろうか。

だんだんDVDの枚数が増えていった。やがて5枚になり、10枚になり、30枚ぐらいになっただろうか。

どうやら克行は「ほかのストーリーのDVDも買ってほしい」と父親にお願いしていたようだ。いつの間にか、ピノキオなどのディズニーシリーズも購入していた。
　父親は優しいので、克行に欲しいと言われるたびに買ってあげていた。ある意味、親ばかだ。
　克行は何かにハマると、それぱかり欲しくなってしまうということがわかった。
　これは１年ぐらいのブームで、いつしか興味がほかのことに移り、DVD は買わないで済むようになった。
　子どもが興味を持つと、動物や恐竜の図鑑など立派な本を購入する家庭は多いと思うが、わが家でも恐竜と動物の図鑑を何冊か買っていた。数えると５冊ぐらいあって１冊がけっこうよい値段のものもあった。
　DVD は１枚が 500 円。ワンコインでそのときはお手頃だと思っても、チリも積もれば……である。
　DVD は１回見れば、２回、３回と繰り返して見ることはあまりないように思えた。ストーリーを見ることも楽しかっただろうと思うが、シリーズ物を集める喜びもあったのだろうか。
　トムとジェリーのストーリーの何が楽しかったのだろう？トムとジェリーのかけ合い漫才のような心の変化などを楽しんでいたのだろうか。
　克行は、宮崎駿さんの映画シリーズも気に入っていたようで、『紅の豚』『となりのトトロ』『魔女の宅急便』などに興味を示していた。懐かしい VHS ビデオの時代に父親とショップで購入して、家でビデオを見ていた記憶がある。何か心を動かされるものがあったのだろう、穏やかな表情で見ていた。

5年生、6年生の頃に、克行は見なくなったDVDを箱の中にしまっていた。マイブームが完全に去ったようだった。今、そのDVDの一部は買い取り店で引き取ってもらい、一部は私の働く共生型のデイサービスに寄付した。これらは子どもからお年寄りまでが集うデイサービスで活躍している。

子どもの頃は、テレビ番組の『おかあさんといっしょ』をよく見ていた。今でも『忍たま乱太郎』は気に入っている。

最近のこと、お友だちがお母さんと一緒にうちに来ていた。息子さんも同じ学校の卒業生で穏やかな性格で感情的なところを見たことがない。

その子も『忍たま乱太郎』が好きだという。放送時間になって、克行の部屋からオープニングの音楽が聞こえた。

「克行の部屋に行って、一緒に見たら?」と声をかけた。

「イヤだ!」と克行。

自分のテリトリーの中に他人を入れたくないのか。1分ほどしたら、克行は部屋の中からドアを閉めた。

同じアニメが好きでも、人と一緒に見ることはしたくないようだった。

6. 3年生、ナメクジ大好き

子どもは身の回りの情報から、いろいろなものに興味を持つ。

克行は小学部の3年生の頃に、ナメクジに興味を持つことがあった。

NHKのアニメーションの登場人物がナメクジが大好きで、ツボの中で名前をつけて大事に飼っているのを見て、またスイッチが入ったのだろうか。

父親と畑に行くたびに、あちこちにある石をひっくり返しては、ナメクジを探して観察していたようだ。

父親は石が農作業の邪魔になるため、片付けるように言ったが、克行は次から次へと石をひっくり返すばかりだった。そして、ナメクジを見ているだけではなく、大事そうに手に取って見ていたり、ときには口の中に入れたりしていた。舌をべーと出して口の中にナメクジが見えたときは、さすがに父親もびっくりしたようだ。そういえば、父親の親戚で、ナメクジを生きたままオブラートに包み、飲み込んでいた人がいた。民間療法なのか、心臓の薬になると言っていた。

そのこともあり、ナメクジについてはあまり考えず、本人の好きにさせていた。

やがて、このブームも終わりを告げた。1か月ぐらいで済んで、ホッとした。

7. 毎日の外出と家中にスマイルマーク

4年生になり、春から夏に向かう過ごしやすい季節だったと思う。

学校から帰ってくると、克行はいつの間にかどこかに行ってしまうことが、1か月ぐらい続いた。

通学バスのお迎えをして、一緒に家に帰る。その後、何も言わず、親の知らない間に出かけてしまった。

30分ほどすると、克行は家に帰ってきたが、どこに行っているのか、よくわからず、近所を自転車で探し回った。通学バスのバス停の周りか、近所のどこかに行っていたのだろうと考えて、探した。

しかし、探してもなかなか見つからず、探し回っているうちに30分ぐらい時間が経ってしまい、あきらめて帰宅すると、すでに克行が家に戻っていたことも何回かあった。

私　「どこに行っていたの？」

克行「どこに行っていたの？」

私　「何をしていたの？」

克行「何をしていたの？」

克行にいろいろ聞いてみても、おうむ返しに同じ言葉が返ってくるだけだった。

私　　「楽しかった？」

克行　「……」

私　　「危ないから、広い道に出るときにはまわりを見てね」

克行　「……」

虫を見つけたのか、気になっているものがあったのか。楽しかったのか、どこに行ったのか、わからない。

何に興味があるのか、どこにどんな目的で出かけているのか、結局何もわからないまま、克行は１か月ぐらい、毎日のように出かけていた。

親からすれば、克行がどんなことに興味があり、どこに行っているのか、危険なことはないのか、それを知りたかった。近所には養蜂場があるので「蜂の巣でも見に行っているのではないか。刺されたら大変！」など、頭の中でぐるぐると考えてしまう。

しかし、いつしか出かけることをしなくなっていた。

何の目的だったのか、いまだよくわからず、釈然としないが、私はホッとした気持ちになった。

秋になった頃だろうか。突然、家の中のあちらこちらに、ニコニコの笑顔のマークが描かれていて驚いた。いわゆる「スマイルマーク」である。

障子、壁、部屋のゴミ箱、娘が支援学級で低学年のときに使っていたかわいい椅子……。とにかく、たくさんのニコニコ笑顔であった。

「笑顔なら、まあよいか。怒った顔なら困るけれど、克行の気持ちの反映なのかなあ」と思った。

克行に「なんでマークを描いたの？」と聞いても、「なんで描いたの」とおうむ返しで返ってくるだけだった。

自分の気持ちに合わないと、親からの提案は、だいたい「イヤだ」と返ってくる。

こちらが10個の提案をすれば、9個は「イヤだ」と答えることが日常であった。

克行は強いストレスがかかるとパニックになってしまい、騒ぎ出すことがあるため、なるべく日々を気持ちよく過ごせるように心がけて対応していた。

笑顔のマークがなかったのは、お風呂場と台所、玄関で、ガラスには描いていなかった。障子や壁は白っぽいため、黒いマジックで描くとマークがわかりやすいのかもしれない。

何の目的なのかわからないが、とにかく笑顔のマークなので、怒ることはせずにそのまま様子を見ていた。

障子は毎年張り替えていて、今はきれいになっているため、当時の笑顔のマークを探すことは難しいが、今でも娘の赤いかわいい小さな椅子に、笑顔のマークが残っている。

笑顔のマークはきっと、克行の優しい穏やかな気持ちを表し

山梨版画協会展に出品、
協会個人賞を受賞。

社会科実習で電車に乗る練習（小学部４年生）。

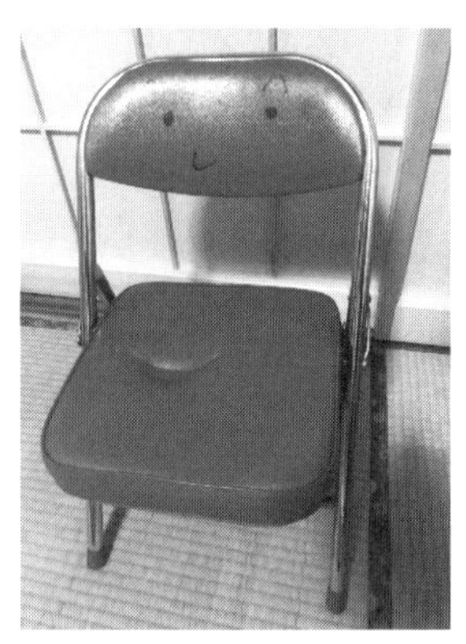

小学部４年生のときのマイブーム、家中の物にニコちゃんマークを描いた。

支援学校での様子。元気に通学した（小学部４年生）。

ていたのだろうと考えた。優しい、穏やかな気持ちを持ち続けてほしいと願った。

8. 山元加津子先生との出会い

克行が４年生だった頃、私は石川県の支援学校で教員をされていた山元加津子先生と出会った。

きっかけは『1/4の奇跡』という映画であった。

私は何度もこの映画を観た。子どもや人の可能性、挑戦と勇気を持って人生を前進することなどなど、いっぱい応援をいただいたと感じている。

山元先生は、支援学校の多発性硬化症の子どもさんと約束された。

それは「病気や障がいは大事だと言っていたよね。人間はみんな違ってみんなが大事だということも科学的に証明されているとも言ったよね。それを世界中の人が当たり前に知っている世の中にかっこちゃんがして」という約束だった。かっこちゃんとは、加津子先生のことである。

山元先生は、全国で映画『1/4の奇跡』の上映や講演を行われ、本の出版もされていた。

「昔は支援学校の子どもたちの絵の作品展には、実名でなく、イニシャルや匿名でしか出せなかった」と先生は言う。そんな中、子どもたちの絵を実名で示す展覧会を行ってこられた。

先生の素朴で温かい話し方が多くの人の共感を得て、『1/4の奇跡』は世界で自主上映会をされるようになり、2010 年には『1/4 の奇跡』という本も出版された。

私は何度も映画を見て本を読み、そのたびに私は涙をたくさん流した。山元先生の本や映画を支援学校の仲間をはじめ、たくさんの方々に紹介させていただいた。

私だけでなく、支援学校に通う子どもを持つ親御さんや関係者の方にも大きな勇気を与え、子どもたちの可能性をいっぱい教えてくださった。

先生は子どもたちに「かっこちゃんと呼んで」とおっしゃっていた。

「子どもたち一人ひとりを大好きになり、子どもたちも先生を大好きになる」のだとも。

信頼関係の中から大きな成長を子どもも先生もされて、その経験を講演で話されたり、本に書いて著したりされている。

頭では理解できているけれど自分では言葉が出せない子どもたちのために、支援学校で活用している「五十音のボード」というコミュニケーションツールがある。これを一人でも多くの人に伝えていくことが「自分の役目かもしれない」と先生はおっしゃっていた。

山元先生は、目の動きで文字盤を判読する機械を使ってコミュニケーションができることもみんなに伝えた。脳幹出血になった山元先生の寝たきりの同僚は、これにより車椅子の生活を送れるまでに回復し、やがて講演会ができるようになった。

こうした貴重な経験を伝える活動を出版や講演会などで精力的に行われてきた。

2024 年 3 月 4 日、山梨にも山元先生が来られた。

先生が監督された映画『しあわせの森』の上映会とお話し会があり、11 年ぶりに私もお会いすることができた。

先生は支援学校のお仕事を退職され、筑波大学名誉教授であった故村上和雄先生との「サムシンググレート（偉大なる何ものか）を世界の人に伝えてほしい」という約束を果たすために、映画『しあわせの森』を作られた。

本の出版や出版社の立ち上げや映画製作もされ、幸せな人生をみんなが送っていけるようにと活動を続けておられる。

人、それぞれの幸せの形があるのだろうと思う。克行も、克行なりの幸せな人生を送ってほしい。

9. 交流キャンプで個性を発見。テレビを卒業

5 年生になった克行は、テレビや DVD にハマってしまい、食事のときも画面を見ながら食べていた。

「テレビや DVD、ゲームばかり見ていたり、電磁波などの影

響があったりすると脳や身体によくない」と聞いたことがあった。

当時、東京都大田区で森の保育園と美徳杜（社会福祉法人美徳杜の前身）を経営されていた長野眞弓先生とご縁があり、娘のことでアドバイスをいただいた。

「障がいのある子どもたちも、たくさん伸びしろがある」というのが、長野先生の持論だった。

その頃、長野先生は不登校児童のフリースクールを運営していて、夏は小・中学生の「交流キャンプ」を実施されていた。

キャンプには、健常児も不登校児も障がい児も参加し、山梨県南東部に位置する忍野村（おしのむら）の自然環境の中で、野菜中心の食事の大切さなどを子どもたちに教えてくださった。

長野先生は、たくさんの子どもの改善事例を持っておられた。

フリースクールでは不登校児童の中に、暴力的な子どももいた。自然環境と触れ合い、野菜中心の食事をとり、公文式学習を取り入れ、選択理論心理学を活用したかかわりもされていた。

長野先生は自ら酵素断食の資格を取られて実践されることで、子どもたちの改善を重ねられたのだ。私も動物性食品を断つ、完全ビーガンを試みた時期もあった。

健常児と障がい（特性）がある児童の交流キャンプも実施されていて、娘は何回かキャンプに参加し、生活習慣の訓練や食事による体質改善、公文式学習を取り入れた。すると、アトピー性皮膚炎や物事への集中力の改善などのよい結果が見られた。
克行は野菜嫌いで、どんぶり飯にふりかけが好きなことやテレビとDVD、ゲームから離すための改善策として交流キャンプへの参加を考えた。
テレビ放送がちょうどアナログからデジタルへ変わる時期で、この機会に家からテレビをなくしたいと思っていた。キャンプはそのための絶好の機会でもあった。

キャンプは、夏休みに忍野村を中心に行われた。キャンプの開校式には、小中学生総勢20人ぐらいとスタッフの皆さんが集まった。
班長さんは中学生のお兄さんで、克行もみんなと一緒に参加した。4泊5日の体験である。初めての体験に克行はドキドキ、ハラハラ、私もドキドキ、ハラハラであった。
克行がキャンプから帰ってくるまでの間に、自宅のテレビを処分して、DVDも押し入れの奥にしまいこんだ。
克行はキャンプから戻って1週間ぐらいはずっと「テレビは？　DVDは？」と騒ぎ続けていたが、1週間も経てば、さすがにあきらめたようだった。
長野先生からは、CDなど耳からの音は情操教育にはよいというお話をいただいたので、テレビやDVDの代わりにCDやラジオを聞かせるようにした。

克行も童謡の音楽CDを気に入って聞くようになったのと、ラジオも聞くようになり、自分なりに好きなラジオの番組もできた。

今は日曜日に外出しているが、当時は日曜日の『NHKのど自慢』のラジオ放送を聞くのが好きだった。最近はラジオを聞いたり、テレビ番組も3チャンネル（NHK教育テレビ・Eテレ）などをBGMのように流していることもある。

さて、キャンプの話に戻そう。

食事は野菜中心であった。レタスでいうと、全体で初日の1日での消費量が3個だったのが、最終日には10個になったと聞いた。

普段、育ち盛りで肉や魚をたくさん食べて野菜摂取の少ない子どもたちに、人間は穀物菜食であり、穀物野菜中心にすることにより、心身がより健康になることを伝えてくださった。

行程の中に山登りのプログラムがあり、小学校4年生から中学生が参加した。

スタッフが道を間違えて崖のようなところを通ることになった。あとでスタッフの方が教えてくれたのだが、ほかの子どもたちが「怖い、大変だ！」と言った道のりを、克行は黙々と歩いたという。

これは、すごい勇気のある行動だったようだ。一緒にいた子どもたちは克行に「すごいなあっ！」と、個人に宛てた最後の感想文で書いていた。

　野菜をメインとした食生活を中心にテレビから離れ、自然と触れ合うキャンプのあとに、克行が大きく変化したことがあった。

　それは、今まで一語文しか言わなかったのが、三語文に増えたのだ！

　そして、私と視線が合うようになった！

　それまでは話をするとき、克行は相手と視線を合わせたことがない。どちらかというと、そっぽを向いている感じだった。

　克行が帰宅して、私が「キャンプ、どうだった？」と聞いたとき、彼はこっちを見た。

　あれ？　克行と視線が合った？

「克行さん、どうだった？　楽しかった？」

「楽しかった」

「何したの？　遊んで楽しかった？」

「みんなと遊んで楽しかった」

　あれ？　おうむ返しじゃない。言葉が増えている！

「ご飯はおいしかった？」

「ご飯を食べておいしかった」

　三語文になっている！

　克行のキャンプの成果を実感した。４泊５日でこんなに変わるとは。ただただ驚いた。

そのことがあり、同級生のお友だちや支援学校の仲間にも、長野先生のことを紹介した。多動のお子さんがキャンプの3日目には、椅子に静かに座っていられるようになったとも聞いた。炭酸飲料しか飲めないような子どもが、お茶や水が飲めるようになったという。

菜食の食事と自然と触れ合うこと、公文の学習などを取り入れ、キャンプの中でテレビやゲームから離れる環境になるだけで、こんなに気持ちが落ち着くものなのかと驚いた。食生活や環境の影響や自然と触れ合うことの大切さを間近に見聞きして、あらためて多くを学ばせてもらった。

10. お泊まり教室、林間学校、修学旅行を体験

お泊まり教室は、4年生のときに学校に1泊する体験教室だ。

1か月ぐらい前から、先生方が事前学習を行っていた。案の定、克行は話を聞いた途端に「お泊まり教室、しない」と言い出した。

当日、朝の開会式まで、ずっと騒いでいた。

でも、克行はお泊まり教室に参加した。終わって「どうだった？」と聞くと「楽しかった」と言う。いつものことだ。

学級のみんなと学校でお風呂に入ったり、布団を敷いたり、

ご飯を食べたりした。写真を見ると楽しそうであった。

5年生のときは林間学校で、学校近くの宿泊場所に泊まった。子どもたちにとっては興味深い、自転車などの乗り物や自然科学の体験や見学があった。

同級生と交代しながら自転車に乗るなど、体験プログラムに積極的に参加したようだ。その姿が写真に収められていた。きっと、楽しかったのだろうと思った。

支援学校では、事前学習をとても大切にしていた。イベントの1か月ぐらい前から、バスの乗り方などを体験学習し、子どもたちが落ち着いて行動できるように導いていた。

このときも、克行は1か月ほど前からずっと「林間学校、行かない！」と言っていた。朝になると「林間学校行かない」と言うのが毎日の口ぐせになり、親も耳にタコができそうになった。

当日も朝から大騒ぎで、集合場所に連れて行くのも一苦労であった。

6年生の修学旅行の場所は、東京都の東京タワーなどと神奈川県の八景島であった。そのときも1か月ほど前から「修学旅行、行かない！」と騒いでいた。

当日の朝まで騒いでいて、無理やりに集合場所まで連れて行った。

　結団式の間まで騒いでいたが､行ってしまえば何のその､帰ってくれば、いつも「楽しかった」と言っていた。

　修学旅行では、朝、行方不明となった。先生に探していただき、展望台にいたこともあった。

　横浜の水族館、八景島シーパラダイスでも笑顔いっぱいで魚たちを眺める克行が写真の中にいた。

　修学旅行だけでなく､「黙って自分の行きたいところに行く」というのが克行の課題だった。普段の授業中も何も言わずに教室を出てしまう。それで、トイレに行くために教室を出るときは、必ず「トイレ」と言うように習慣づけようとしていた。

　11 月の学園祭に向けての練習が始まると、宿泊学習のときほどではないが、克行は落ち着かない。毎年、ストレスから口内炎ができていたほどだ。

　克行にとっては新しいことなのか。何度やっても、たとえ毎年参加していても緊張するのだろう。彼なりに身体や言葉や態度で示しているのだと考えた。

　少しでも楽しく、穏やかな気持ちで人生を楽しんでほしいと思った。

11. 6年生、毎日ドリルを9冊やるこだわり

小学部では、それぞれの子どもの能力に応じて担任の先生が授業をし、宿題も出してくださった。

克行は漢字を書くことや、漢字の成り立ちの辞書を読むことが好きだった。算数は電卓を使ったり、ドリルの答えを写しながら書いていた。

勉強嫌いな娘に比べると、克行は勉強が大好きであった。

父親が、本屋でドリルを一緒に購入したことがきっかけなのかもしれない。あるときから、1冊だったドリルが2冊になり、3冊になり、どんどん増えていった。克行が父親に頼んで、ドリルを1冊ずつ買ってもらって、最大9冊になった。

父親は、ドリルの勉強が答えを写しているだけだと知っていて、冊数を増やすことは克行の負担になっていると考えた。

そこで、克行に一日にドリルをする量を減らすように声をかけた。すると克行は「9冊やる！」と怒り出した。

9冊終わらないと「寝ない」と、午後11時ぐらいまで起きている日が続いた。ある種の強迫観念にとらわれていたのだろうか。

毎日、9冊のドリルを「やった」と担任の先生に持っていくことになったが担任の先生も「克行君、9冊は見られないので、

2冊持って来てください」と言っていた。
克行もいろいろと考えたのだろうか。今までやっていた9冊を完結してからは、ドリルをやらなくなった。
その後、23歳の今になるまで、不思議とドリルをやることはない。あのとき、ドリルから解放されたのだろうか。

12. 洗濯機と修学旅行で行った海

小学校6年生の6月頃、学校で洗濯機を使って洗濯をする授業があった。
そのことがきっかけになったのか、克行は毎日、洗濯が終わった衣類をまた洗濯機に入れて、スイッチを押すようになってしまった。
克行に「汚れた物をきれいにするために洗うのよ」と話しても、馬の耳に念仏。
克行のマイブームについて考えた。
洗濯機の回る音が楽しいのか？　渦巻のような水流が楽しいのか？　なぜ、きれいに洗濯をした物を再び洗うのか？
毎日毎日、洗濯機の中にきれいな洗濯物を入れて洗う様を眺めていた。
どうしたものかと考えた末、お風呂の横に置いてある洗濯機をお風呂場の中に入れ込むことを思いついた。そうすれば、洗濯をしないだろうと思った。
　家族全員がお風呂に入ったあと、毎日コンセントを抜いて、排水ホースと一緒にお風呂場に洗濯機を移動した。親にとっては大変な労力である。その甲斐あって、克行はさすがに洗濯をしなくなった。

　そんな矢先、私はヒーリングの先生と出会い、克行の行動をどう理解し、解決すればよいのか、相談することになった。これが､私がスピリチュアルの世界に踏み込むきっかけとなった。二人の子どもは今世では発達障がいと言われるが、魂のレベルは私よりも高いと言われて驚いた。
　いったい、どういうことだろう？　私の探究が始まった。
　シータヒーリング、気功、音楽による治療、ダウジングソウルセラピー、カラーソウルセラピー、波動セラピー、音叉（おんさ）などを学び、そのスキルを身につけた。現在は心と体を癒やすヒーリングやカウンセリングなどを提供している。

「子どもは親を選んで生まれてくる」と聞くことがある。
　克行にとって私にとって、それはどういうことを意味するのか。そして、人が生きる意味とは？
　一人の人間として人生を歩む。それをより意識するようになった。

保健師という仕事柄、さまざまな親子関係のケースを見たり聞いたりしてきた。「子育ては親育て」だと実感することがたくさんあった。

今までとは子どもに対する考え方が変わり、上から目線の傾向があった私の対応が、「子どもから教えてもらう」という考え方に変わり、少しは対等な気持ちで対応できるようになっていった。

「子育ては親育て」と意識して、子どもたちに深く感謝した。

ヒーリングの先生は、克行の深い部分（ハイヤーセルフ）を読み取って、話をしていたようだった。そして、メッセージを感じたようだった。

「何か水が回ることによって、気持ちが楽になることがあるのではないか」と言われた。

「いつぐらいまで続くのでしょう？」と私は先生に聞いた。

「大きな水とか海を見てみると終わるかもしれない」と先生は言われた。

その３か月後、６年生の修学旅行があった。八景島の水族館に行く内容だった。

きっと八景島で海を見てきたのだろう。帰ってきた途端、克行が洗濯をする行動は、不思議なことだが終わることになった。

正直、驚いた。ヒーリングの先生が言った通り、大きな海を見てきたことで彼の心に何かの変化があったのだろうか。

小学部 6 年生、修学旅行へ。
横浜・八景島シーパラダイスにて。

この不思議な体験から、私はさらにスピリチュアルに興味を持つようになった。

13. エリック・カールの絵本との出合い

克行は、エリック・カールの絵本にこだわった時期があった。

エリック・カールは、『はらぺこあおむし』で有名なアメリカの絵本作家である。

克行は通園施設で、よく先生に『はらぺこあおむし』の絵本を読んでもらっていた。本に熱中することは少なかったが、はらぺこあおむしの本は好きだった。

小学部6年生の春、何かきっかけがあったのだろうか。父親と本屋さんに行ったとき、『はらぺこあおむし』の本を「買いたい」と言った。

小学部での親子レクは随時行われていた。

父親は本屋に行くことが好きで、克行も一緒に行けるときには車に乗って出かけていた。

本屋で克行が自分の気に入った本を買いたくなると、父親より早くレジに向かい、本を店員さんに渡すこともあった。

エリック・カールの本は何冊も出版されているのだと、克行から教えてもらった。

『パパ、お月さまとって！』や『だんまりこおろぎ』など、いろいろな絵本を揃えて10冊ぐらいになった。

エリック・カールの素晴らしい絵、美術の世界に魅了されていたのだろうか。買うことに満足してしまうのか、克行が絵本を眺めたり読んだりしている姿は見たことがない。

その後、高等部に上がった克行から「本はいらない」と言われたので、私の勤務する共生型デイサービスに寄付をした。

2018年の夏、克行は17歳。

東京・銀座でエリック・カールの絵やかわいいグッズの販売、軽食とケーキも食べられるイベント「はらぺこあおむしカフェ」が開催され、克行と娘と私の3人で出かけた。克行はオムライスとケーキを食べて、満足そうな笑顔であった。とてもうれしかったのだろう。

ランチマットの代わりのはらぺこあおむしの絵が描いてある紙は、今でも大切に持っている。

14. 中学部入学、イヤーマフを使う

中学部になると、地域の中学校から入学する生徒もあり、1学年の人数が増えた。

中学部入学前も「大きくならない」「中学生にならない」と言っていた。

同級生が多くなり、制服を着たり、環境が変わったりしたことも影響したのか、克行は耳を手でふさぐことが増えた。

なぜ耳をふさぐのか、よくわからなかった。

学校の先生から「耳をふさいでいるので、イヤーマフというのがあるのでちょっと貸して様子をみています」と言われた。学校から貸し出されたイヤーマフをしばらく使った結果、「本人専用のものを購入する方がよいかもしれません」と言われた。

家でも片方の手で耳を押さえて、片方の手で箸を持って食べたり、鉛筆を持ったりして、落ち着かず、険しい顔をしていた。

そこで、克行専用のイヤーマフを買うことにした。色や形などは本人と相談して決めた。イヤーマフを着けていると、克行にとって外部からの余分な騒音が遮断されるようで、ホッとした顔をする。

これを１年ぐらい使っただろうか。気がついたときには、イヤーマフを着けなくても、穏やかに過ごせるようになっていた。

支援学校では、イヤーマフを着けている生徒さんは少ないけれど、数人はいた。イヤーマフを使うことで、不快な気持ちから少しでも解放されるのかもしれない。

穏やかな気持ちで過ごせることは、日々の生活の中では大切であろうと思う。

克行はイヤーマフを今は使っていない。卒業したのだ。イヤーマフは支援学校に寄付することにした。

中学部になってから克行は、はたから見ると不思議な仕草をしていることがあった。両手の人差し指を頭の上にかざしながら腰を回している。ときどき宇宙と交信しているのか？

イヤーマフと関係があるのかは、よくわからない。

マーキングと言って、特定の場所を何回も両目や片目にして指さしをしてみたり。私には、まるで見えない何かとつながりを感じているように思えた。

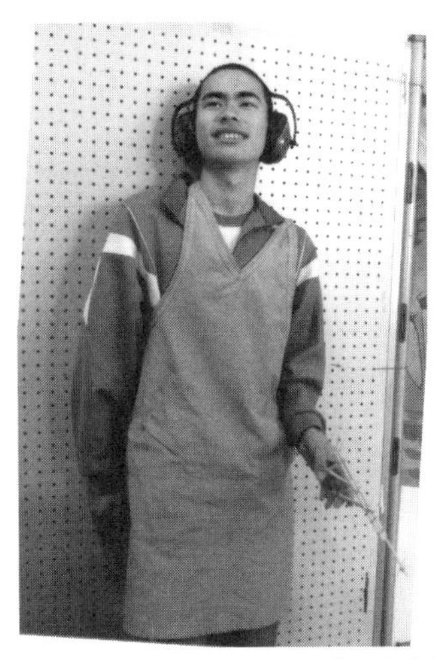

中学部のとき、イヤーマフを着けた克行。

15. ドラム教室に通う

克行が中学部に入った頃、同じ支援学校のママ友からドラム教室のお誘いがあった。「克行は興味を持つかな？」と考えた。

主催はNPO法人虹の谷という、美術や芸術に取り組まれている福祉施設で体験できるということで、とにかく克行と娘を連れていくことにした。

そこではドラム以外にも、ダンス教室や絵画教室、さをり織り、クッキー作りに使用する小麦粉作りなど、農業体験を含めて、いろいろなことをやっていた。

新型コロナ感染症が蔓延する前は、11月に「収穫祭」という交流会を行っていて、収穫した小麦を使ったクッキーやピザなどを食べたり、ドラムやダンスを発表したり、親子、スタッフ、ボランティアなど、みんなで楽しいひとときを過ごした。

ドラムについては、以前プロのドラマーだった山崎先生が担当だった。先生は、子どもたちや特性のある大人たちのやる気を出させるようなかかわりをされていた。

できたことを褒め、とても楽しいひとときとなった。

克行は大変気に入ったらしく、ドラム教室に行くことになり、娘も一緒に通うことになった。

1人の持ち時間は45分、2人で90分。

娘と車に一緒に乗ることが嫌いな克行も、このときはしょうがなく一緒に乗っていた。

娘は、はじめの頃は自信なさそうで、叩くのがやっとだった。月に１度でも 10 年以上積み重ねた今では、自信を持って自主的にどんどん音楽を聴きながら、オリジナルでドラムを叩けるようになった。

克行は対照的で、叩く曲の順番は最初から最後まで毎回同じだ。その順番を崩すと怒るので、先生も教え甲斐がないと言われた。いろいろなバリエーションを教えたくても、本人が受け入れられない。

45 分間、叩く順番の音楽が決まっていて、最後は NHK 教育テレビで放映されていた『ゆうがたクインテット』という曲で終わる。これを変えることはできないのだ。

先生は克行の叩き方を見て、感想を伝えてくださった。

「今日は元気のある叩き方でしたね」「今日はちょっと元気がなかったみたいですね」と。「元気」が基準の中心であった。

克行はニコニコしながら楽しそうに叩くので、きっと楽しんでいたのだろうと思う。

２回目のときにはドラムのところにあるネジに興味を持って、叩くよりも、ネジを外そうとしていた。壊れるのではないかと、先生も心配されていたが、３回目からは、またドラムを叩くことができた。

ドラム一つでも、いろいろ興味が湧くのだなと思ったし新しいことをすると違う視点が持てると思った。

5年間は通ったが、克行は20歳を過ぎた頃、「卒業する」と大きな声で言って、ドラム教室を卒業することになった。

勝手にやめるわけにはいかないので、「卒業すると先生にちゃんと言ってから卒業しよう」と言って、最後の回に参加した。「卒業します」と山崎先生に伝えたあとからは、教室に行くことはない。今は、娘だけがドラム教室に通っている。

16. 水遊びは好きなのに、プールは苦手

学校では、夏になると小学部からプールの授業がある。通園施設のときにも、水遊びはあったが、なかなかプールの中で泳ごうとはしない。

浮き輪と腕輪を着けて、一生懸命な感じで水の中に入る。

プールの中では、先生に誘導されて手足を動かすのがやっとだった。先生が撮ってくださった写真を見ると、顔には余裕がなく、険しい表情で写っている。シーズン最後のプールの授業で少し余裕が出てくるという、毎年の繰り返しであった。

中学部になっても、それは変わらず、なかなかプールを好きになれなかったようである。

水の中に浸かるのが嫌いなのかと心配しながら見守っていた

が、いつも最後の授業の頃になるとホッとした表情になる克行を見ていた。
「やっとプールの授業が終わるんだ」というような、安堵した表情であった。やはりプールは好きではなかったのかもしれない。

17. 恐竜大好き！ 父親と博物館めぐり

克行のこだわりの一つに「恐竜」がある。
支援学校中学部の修学旅行で上野の国立科学博物館に行った際に、館内にある360度シアターを見たようだ。その映像は2か月ごとに内容が変わるので、克行は見たことのないものを見たかったのだろうか。その後、父親とほかの映像を見るために数回通った。
博物館の中で一度行ったところは場所を覚えてしまい、あちらこちら思うままに見学していた。
恐竜の図鑑に載っている博物館には週1回出かけ、関東で恐竜を展示してあるところはほとんど全部見て回った。最後に福井の恐竜博物館にも行った。
恐竜に関する映画のDVD、そして本やカードなど、こだわっていろいろ購入もした。恐竜では、ティラノサウルスをとても気に入っていた。

博物館行きは、克行が恐竜図鑑の巻末にある博物館の住所を見て、どこにするか決めてから訪ねた。克行は地図も読めることから事前学習もできていたと思う。

日本地図と関東地方の地図を眺めながら、博物館の場所を確認していた。日常歩いて出かけるときは、必ず決まったところでぶつぶつ言いながら、何かを指さしている。それを見て父親は「犬がマーキングをするのと似ているかな」と言っていた。これによって、出かけた場所は記憶されていると思う。

現在でも車で出かけるときは一年中、克行は窓を開けて外を眺めている。きっと、自分なりのマーキングをしているのだろう。

真冬の時期でも高速道路でも、おかまいなしで窓を開けている。家族はみんな寒い思いをしているが、克行は高速道路の風が顔に当たるのが楽しい様子である。

博物館では、入館すると館内の案内図をまず入手し、自分なりのコースを決めて歩き始める。

初めてのところでは順路に従い、見学をするが、好きな展示を見たいのか、何度も同じ展示を見に行くらしい。克行はとにかく歩くのが速いため、父親はついていくのが精いっぱいである。

20 歳を過ぎて、恐竜のチョコレートに興味を持ったことがある。応募をすると恐竜のクッションをもらえるというキャンペーンがあり、一生懸命チョコレートを食べ、それが過ぎて、体重と腹囲が急に増えた感じがして驚いた。
　景品をもらうととてもうれしかったらしく、かなり喜んでいた。
　キャンペーンがないときには、恐竜チョコレートは食べなかった。おかげで体重と腹囲は元に戻った感じだった。
　今は恐竜の本も興味がなくなったらしく、「誰かにあげてほしい」と言われたので、恐竜好きな知り合いのお子さんにプレゼントした。
　手元に本がなくても、根本的には恐竜が大好きなのだと思う。

18. 木こりになった克行

　克行は、のこぎりで木を切るのも大好きだった。
　中学部の頃、父親が克行と従兄のお兄さんに、桃の木の植え替えのため、古い木を切るように頼んだ。
　克行は、お兄さんの指示に従い、一生懸命に桃の木の根元近くを切った。
　それから数週間後、父親と桃の畑に行き、枝を拾う手伝いをした。
　桃の木の剪定、整枝の作業は道具を使い分ける。太い枝の剪定にはのこぎりを、細い枝の剪定には剪定ばさみを使う。そのためのこぎりを持っていくときには、替え刃も準備して持っていく。

剪定する時期は12月から2月ぐらいの間で、この日は2月上旬だったと記憶している。

桃の畑は、自宅から車で5分ほど行った山間部にあり、広さは15アールで、5アールの畑が段々に3段という配置だ。それぞれの段に10本ずつ桃の木が植えてあり、全部で30本ほどを育てている。

広い畑には、剪定した枝があちこちに落ちていて、父親は、落ちている枝をそれぞれ近くの桃の木に集めるよう、克行に話した。

しかし、克行は自分のこだわりなのか、最初に集めた場所に畑中の枝を運んできた。それは山のように積み上がった。大変な作業で、よく頑張ったと思う。

そのうち、父親は少し離れたところで作業を始めた。3段ある畑の一番下の段で、2本目の剪定にかかった。

バタンと軽トラックのドアが閉まる音が聞こえた。

「克行が飲み物を取りに行ったのだろう」と思い、父親は仕事を続けた。

このときに確認をすればよかったと、父親は後悔することになった。

克行は、父親がやっと剪定をし終えた若い桃の木を、のこぎりで根元から切り倒してしまったのだ。
克行が切った木は、3段目の高いところにあった、最初に剪定をした木だ。30本の桃の木の中でも小ぶりで、まだ5年目の木だった。
桃の木の寿命は、だいたい15年ぐらいで、最大1000個ぐらいの実をつけるという。その木は、あと10年は活躍してくれるはずだった。
苗を植えて5年ほど経過し、これからたくさん実がなるはずだった木。すでに桃が300個ぐらいは実っていたと思う。
「まさか切ってしまうとは……」と父親は非常に残念がった。
きっと父親が、克行が視野に入る位置で作業していたならば、早く気づくことができたかもしれない。 あるいは、車のドアの開閉の音がしたときに、克行が何をしようとしていたのか、確認すればよかったのかもしれない。
そもそもこうなってしまった原因は、車の中にのこぎりを置いてあったからだ。まさかそれを持ち出すとは思わなかった。それからは、持ち物に気をつけるようにしている。
克行は、今は「仕事はしない」と言っているが、きっと木を切ることをお願いすれば、簡単に切ってしまうことはできるだろう。
それにしても克行がなぜ、その木を選んだのか？ 30本のうち、その木だけが剪定してあったので、のこぎりで切りやすいと思ったのかもしれない。

父親は肩を落として、大変がっかりした様子だったが、「克行の木を切った頑張りに敬服した」とも言っていた。

19. 毛を抜いて、まゆ毛が半分に

中学部に進んで、克行は思春期になった。すね毛が毛深くなってきた頃、毛を抜き始めた。

手の指や毛抜きを使い、一生懸命、トイレですね毛や陰毛を抜いている。ひげや眉毛は鏡を見ながら抜いていた。

太くて長い立派な一文字眉毛だったが、知らない間に半分の長さと量になっていたのに驚いた。

「克行さん、眉毛さんが少なくなって泣いているから、もう抜かないで」と私は伝えた。それからは、眉毛は抜かなくなった。

とりあえず、全部の眉毛を抜くことはなかったので、私はホッとした。

ひげは、家では剃らないというこだわりがあり、床屋さんで剃るだけで家では絶対にやらない。

私は、克行にひげを自分で剃る習慣をつけてほしいと思った。しかし、電気カミソリなどを渡しても、断固として自分ではやらず、電気カミソリを手渡ししたら、すぐに投げられてしまった。そのへんにぽんと投げるのは「いらない」のサインだ。

もう一度、話す。
「ひげは毎日、剃るんだよ」
今度は私に向かって、電気カミソリを投げてきた。物を力強く投げ返すときは「うるさい」のサインだ。態度で示してくる。
学校の母親仲間から「床屋さんに行く練習を始めた」という話を聞いた。それで、ほかのお母さんも挑戦していることを知った。
克行は「ひげを剃ってくれるのは床屋」と覚えたのか、「ひげ剃りは床屋でやるもの」と思い込んでいた。
それからも、T字カミソリを渡すなど、何回か挑戦したが、克行の考えを変えることは難しかった。
親もあきらめて、ひげと髪が伸びてくると床屋さんへ行くようになった。すね毛やひげが伸びてくると、今でもときどき自分で抜いている。

20. 富士山に登る！

「夏休み、富士山に登りたい！」
いつもは、何をしたいとなかなか言わない克行が、中等部1年生の夏にいきなり言い出した。
今度は何をやらかすのかと、正直、私は思った。
どこで知ったのか、富士山が世界遺産に登録された2013年

6月22日のあとの夏休みだった。
　夏休みの課題の写真絵日記も兼ねて、父親と出かけることにした。
　朝の7時に富士吉田市の浅間神社でお参りを済ませ、登山道を登り始めた。1合目から5合目まで登るプランだ。

　スタートは軽快に歩き、1合目の表示板の前で写真を撮り、さらに登った。5合目のレストハウスまでは、約5時間かかった。
　お弁当を食べてから下山をしたが、帰りは4時間であった。最後の1時間は、朝の勢いはどこへやら、立ち止まることが多く、父親の方が体力に余裕があった。
　その後、「また富士山に行くか？」と聞いてみたら、「もう行かない」と言って、二度と行くことはなかった。
　克行にとっては初めての本格的な登山でもあり、よほど大変だったのだろう。でも、克行のチャレンジはすごいことだと思った。

21. 忍野村からいなくなり警察のお世話に

　冬から春に向かう頃。当時、忍野村にあった長野眞弓先生の施設へ出かけた。雪が少し道の横に残る、まだ寒い時期であった。

イベントで昼食を食べたあと、案の定、克行の姿が見えなくなった。施設内から見当たらないところまで行っていた。

駐車場の車の中で遊んでいるのを3回見つけた。そのつど、施設に入ることを促した。車の助手席に逃げ込んだら寒いだろうから、それではいけないと思い、私は車の鍵をかけてしまった。

それからまた、克行がいなくなった。

車のドアは開かず、克行は行き場所がなくなってしまい、歩いてどこかへ行ってしまった。

駐車場の外も探したが、近くには見つからなかった。

また、勝手にどこかへ行ってしまった。きっと、いつものように来た道を家に帰ろうと本能を働かせて歩いていたのではないかと思う。

私たち家族だけでなく、スタッフやほかの家族も車であちこち見て回り、懸命に探してくださった。

「警察に連絡しましょう」と長野先生に言われ、警察への要請をお願いすることになった。

すると、しばらくして克行は見つかった。たまたまその日、一緒にランチをしていた佐藤さんご夫妻が、車で移動中に克行を見つけてくださったのだ。

克行がいたのは、忍野村の施設から5キロ以上も離れたところで、忍野村から山道を通って富士吉田市に近い場所のお店の近くにいたという。

どこかに落ちていた物を拾ったのか、折りたたみの傘を持っていたという。折りたたみの傘だけを持ちながら歩く姿は、普通の感じではないだろう。

佐藤さんによると「こっけいにも見えて、ちょっと何か気になる」と思い、よく見たら克行だったと言う。

一緒に食事をしたことが幸いして、「よく見つけてくださった！」と感謝の思いでいっぱいになった。

警察官が克行を保護することになった。そして、私たち家族は警察官が保護している場所へ克行を迎えに行った。

このことがあり、長野先生の忍野村の施設の出入りは禁止となった。本能のまま移動してしまうことに、私がもう少し目を向けていればよかったのか。車の中で静かにしている分には人に迷惑をかけることはないので、車の鍵を開けておけばよかったのかとも思った。

施設から離れてしまって、どこに行ったかわからない状態になると、人に迷惑をかけてしまう。そのことをあらためて学んだ出来事だった。

克行がどうしたかったのか。本人の気持ちを大切に行動すればよかったのかもしれない。

22. パソコンを何台も壊す。ローマ字入力を習得

克行が中等部の２年生のときのことだ。

学校では授業でパソコンを扱う機会があり、図書館にもパソコンが置いてあった。

この頃の克行は、DVD やビデオの楽しみから卒業し、次はファミコンゲームとパソコンに興味を持っていた。

親戚の子どもから譲ってもらったファミリーコンピューターのゲームで楽しく遊んでいて、その頃、克行はパソコンに興味を持ったようだ。

あるとき、私が自宅で使っていたパソコンのデスクトップ画面の背景が頻繁に変わっていることに気がついた。ときには、パソコン画面がトランプゲームや麻雀ゲームになっていたこともあった。

「もしかして、克行はパソコンが得意なのかもしれない」と思った。

それまで克行がパソコンに興味を持っているように見えなかったので、特に気に留めず作業をしていた。

ちょうど父親が友だちから何台かの中古のパソコンを譲り受けたときだった。克行が私のパソコンを触って、遊んでいることが発覚した。

別の部屋に置いてあったパソコンに興味を持って、克行はいろいろと触っていたようだった。そして、パソコンの画面をどんどん開けてしまい、元に戻せなくなって、ついにパソコンが動かなくなってしまった。

１台だけでなく次々とパソコンを触り、３台が動かなくなってしまった。

パソコンに詳しい父親が修復作業を行ったが、「にっちもさっちもいかない状態」だと言う。最終的にパソコンを解体して、データだけ取り出した。

克行は夢中になると周りが見えない。ご飯も食べず、パソコンばかりやっていた。

父親は怒って、自分の足元にパソコンを投げた。これでまた１台、ダメにしてしまった。中古のパソコンであったが、全部で４台も壊してしまった。

「そんなにパソコンが気になるのなら」と、父親は克行の能力を生かす方法はないかと考え、パソコンのローマ字入力ができるようになるとよいのではないかと、「特打ヒーローズ　名探偵コナン」というタイピング練習ソフトを購入して、克行に渡した。

すると、とても興味を覚えたらしく、父親が何も言わなくても取り組み始めた。そして、パソコンのローマ字入力を自分でできるところまでやれるようになった。

そのことがわかったので、一般的によく使われているソフトの Word と Excel もできるとよいのではないかと考えた。

克行に促すと、一度は取り組んでみた。しかし、2回、3回と興味を持ってやろうとはしなかった。

「自分にはちょっと難しいのではないか」と思ってやめてしまったようだ。

そんなことで、パソコンから次のことへ興味は移り、次は、私の iPad で YouTube を見ることだった。

克行のお気に入りは、『あたまがコンガらガっち劇場』と『おぼえちゃおう！ひらがな』の動画だった。

あるとき、私の iPad の通信費が大変高くなったことに気がついた。私が仕事に行っている間、知らぬ間に克行は iPad に興味をもち、いじって遊んでいたのである。

そのことがわかり、私は iPad を克行の手の届かないところにしまった。

次に克行はお気に入りの動画の DVD が欲しくなった。『おぼえちゃおう！ひらがな』の DVD シリーズを父親にリクエストして、購入してもらった。

DVD は何回か繰り返して見ていたが、やがてマイブームは去り、DVD を箱にしまった。

第5章

支援学校高等部、現場実習、卒業まで

1. 高等部の受験に挑む

支援学校には高等部がある。そこには、支援学校中等部からの子どもと、地域の中学校を卒業して受験をする子どもがいる。

そのため、中学3年生になり受験が近づく時期になると、先生と一緒に答案用紙に自分の名前を書く練習が始まる。

試験の内容は、国語と数学。

国語は漢字と読解力で、数学は足し算から割り算、分数などの計算と図形、文章題に至る内容だ。いずれも小学校レベルの内容である。

克行も名前を書き、国語と算数のドリルを使って練習をした。

このときも、中学部から高等部へ進学するということで、克行の「大きくなりたくない」という言葉をしばしば聞いた。

ただし小学部や中学部へ入学するときよりは、大きな声やこだわりのあるしゃべり方ではなかった。小さな声で「大きくならない」と言っていた程度だった。

大きくなること、成長への抵抗感が、だんだん少なくなってきたのかもしれない。勉強すること自体は好きで、父親と一緒に勉強をする場面が多かった。

とにかく「名前を書くことが大切である」ということを学校でも教えてもらった。答案用紙に名前だけは書いておくことが大事だと。
　娘は1桁の足し算ぐらいしかできず、国語の漢字も小学校1年生程度の内容も半分ぐらいしかできない学力であった。彼女の受験のときも、とにかく「名前を書いて提出する」という練習をしてきた。
　克行は、娘より解ける問題が多かったと思う。漢字を書くことが好きだったので、答えを漢字で書く問題はできたのではないかと思う。
　高等部の受験では、保護者も校長先生との面接があった。わが家では父親がPTAの役員をしていたので、校長先生となごやかに面接ができたようだった。
　克行は受験に合格し、高等部の入学が決まった。

2. 手工芸班の活動を楽しむ

　かえで支援学校高等部には、陶芸、食品加工、手工芸、農園、木工の作業班があった。
　陶芸班は、陶器の小皿などを作る。食品加工班は、クッキーなどを焼いて文化祭でも販売をしていた。手工芸班は、さをり織りや羊毛フェルトなどを作ったりした。農園班は、大根や白菜などを作り、学校の文化祭のときに販売作業をする。木工班は、鍋敷きやいろいろな小物入れなどを作っていた。

克行は手工芸班で、３年間を過ごした。

さをり織りにハマっていたらしく、文化祭のときには、みんなの前でモデルになって織り方を披露していた。

ほかにもコースターを作ったり、アニメキャラクターのロボットパルタの柄をモチーフにした飾り物などを作ったりした。

学校の先生からも、克行が「さをり織りが大変気に入っているらしい」と話があった。

ならば、家でもその作業ができるように、機織り機を探してみようかと考えた。

機織り機は、けっこう大きなものだ。どこで手に入るのか？

そこで、SNS の Facebook にある山梨県内のリサイクル・リユース情報を扱う『オカネイラズ』というグループに呼びかけてみた。すると、機織り機を譲ってくれる人が現れた。大きさは４畳半の部屋であれば入るという。

克行の興味のあるものを見つけてあげたい。それが一生続けられるものになれば……という親の気持ちがあった。

支援学校のお子さんで、かわいいイラストを描く人がいて、親御さんがカバンなどを商品化して販売していた。世の中には発達障がいという特性を強みに、商品化したり、親子で歌を歌って人を癒したりと、活動が仕事になっている人もいるのだ。

しかし、「さをり織りは学校でやるものであり、家ではやらない」というのが克行の意思であり、親の一人相撲であった。

　克行は、小物を作るのはけっこう得意で、美術の授業で版画や小物を作るのも大変好きだった。陶芸も気に入ってやっていた。

　こういった高等部の活動から、克行は造形が好きだということがわかり、近くに教室がないか探してみたところ、陶芸の体験教室を見つけた。克行に話をしたら、まんざらでもなさそう。体験に参加してみようか、と思った。しかし、新型コロナウイルス感染症が発生し、体験ができなかった。

　最近になって、再び聞いてみた。

「行く」とも「行かない」とも言わない。関心のピークは過ぎたようだ。これから先に、何か興味を持つものがあるだろうか？

3. ウサギはかわいい。でも飼わない

　克行が小学生のとき、近所の山梨小学校にウサギと鶏が飼育されていた。克行は、そのウサギと鶏をよく眺めに行っていた。

　じーっと目を凝らして見たり、広いスペースで動くウサギの姿を目で追っている。

　土曜日・日曜日は少年野球やサッカーをやっており、それを見に行くことが楽しかったようだ。

　中学生になって、知り合いの家でウサギの赤ちゃんが何匹か

生まれたと聞きつけた。
克行が「ウサギはかわいい」と言っていた。興味をもったのかもしれない。ウサギが好きなのだろうと、私は「飼ってみる？」と声をかけた。まずは体験でウサギを預かってみてはどうかと思い、ウサギを預かった。
ケージを買おうかどうしようかと思い、克行と一緒にホームセンターに見に行った。
しかし、克行は「ウサギを返す」と言ってきた。しかも、何回も繰り返して言う。
結局、「ウサギは学校に見に行くものであって、飼うものではない」というのが、克行の認識のようだった。
娘と私は「かわいいウサギだね」と言ってウサギに癒やされ、飼う気満々だったのに。克行が家では飼わないということがわかったので、預かったウサギたちを、克行と一緒に知り合いの家まで返しに行った。
そのときは冬場で、ウサギの食べる野菜が少なかったので、わが家で作っていた白菜の規格外のものなどを畑で克行と一緒に採った。
克行はウサギと記念撮影をした。そして、ウサギを返した。克行はホッとしたようだった。

4. 箱作りが大好き！ こだわりと実習

あるとき、克行は、桃を出荷するときに入れる段ボールの出荷箱をやたらと作り始めた。

父親の仕事の手伝いとして、箱を作ってもらっていたときのことだ。父親が頼んだ分以外にもたくさん作り、作りすぎて父親に怒られたほどだった。それくらい、克行は箱を折ることが好きなのだと、気づかされた。

学校では、社会人になるための施設実習がある。ペットボトルのキャップの分別や、ビニール袋にシールを貼ったりする。

あるとき、施設実習の先で桃の出荷の頃に当たり、桃の箱作りを体験した。克行は、そこの施設を気に入ったらしい。

実習先には箱作りがある場所と箱作りがない場所があった。箱作りがある場所は、お菓子を納品するための箱を折る仕事があった。

「実習中も楽しそうに箱折りの実習をしていた」と実習先の職員の方から聞いた。

高等部３年生のとき、２回目の施設実習があった。

その際に、どこの実習先を選ぶのか、克行に聞いた。すると、お菓子の箱折りがある実習先を選んだ。第１希望から第３希望まで同様というこだわりぶりだった。

就労を視野に入れている実習先であった。自宅からは歩いて約30分で行ける場所にある。

克行も実習のときに、卒業後はそこの施設に就労を考えて、行き帰りの練習をすることになった。

母子のひととき。実習先を見学、ジェラートを食べたことも思い出。

その施設は箱作りだけではなく、ねじり菓子の作業や販売、月に１度、書道の時間もあり、農作業もあった。

その中でも克行は箱作りが大好きで、２週間の実習を楽しそうに施設に通っていた。

5. 土曜日・日曜日の楽しみ、一人での外出と外食

中学部の２年生ぐらいから、土曜日と日曜日に近所の小学校へ出かけることが始まった。

きっかけは覚えていないが、父親と小学校の校庭でキャッチボールなどをして、遊んだことが始まりかもしれない。

中学部の頃から、少年サッカーや少年野球を見に行くのが楽しみになった。そのとき、克行は学校にいる鶏やウサギを見る

のが楽しかったようで、ときどき様子を見に行くと、ウサギと鶏小屋にくぎづけになって観察していた。

はじめの頃は、出かけても昼食は家に帰ってきて食べていた。そのうち、小学校の近所にあるお弁当屋さんでお弁当を買って、体育館の前で食べるようになった。

お小遣いは、父親の畑仕事を手伝うと渡していたので、少しは持っていた。

いつしかそれを卒業すると、近所のファミリーレストランに行くことに興味を覚えたらしく、そこへ行って昼食を食べることにしたらしい。

学校で集団の学習として、ファミリーレストランで食べる社会科実習を行ったことがあったので、それも影響したのかもしれない。

克行がお金を持って出かけ、ファミリーレストランで食事していることを、私は近所の人や知り合いの父母などから聞いて、初めて知った。

私は、父親と私の名刺を持ってお店へ挨拶に行った。

「もし息子が困ったことをしたり、ご迷惑をかけたりするようなことがあったときには、ここに連絡をしてください」とお願いをした。

すると翌週、レストランから私に電話がかかってきた。

それは「お金が 346 円足りない」という話だった。早速、お金を届けに行って、謝り対応した。

6. お金の管理をどうするか

お金の管理については、学校にも相談して、先生方と一緒に話し合いを持った。

先生からは、次のように話をしていただいた。

「克行さんの１か月のお仕事でもらうお金は3000円です。今、一日に使う昼ごはんのお金は、1500円です。月に２回だけ行けることになります。毎週行きたいなら、１回のお金を減らして、前のように400円ぐらいのお弁当にすれば毎週行けます」

克行は、その場では「はい」と言っていたが、なかなか理解は難しいようだった。

出かけることになる土曜日・日曜日の前の金曜日に、お金がいくらあるのか、私が確認した。

お小遣い帳をつけることを提案しようとしたが、まずはノートにレシートを貼ることから始めた。これは今も続けている。

そうすると、どのようなものを注文して食べているのかがよくわかる。だいたい、主食とドリンクバー、そしてデザート。フルコースを食べていることがわかった。１回に食べる金額は1500円から2000円ぐらいになっている。

この頃は、昼間はレストランで食べ、夕食は自宅に帰って来てから食べていた。

ところが、いつしか昼食はレストランでとり、夕食は地元の中華料理のファミリーレストランに行くと言って、夕食を家で食べなくなった。

地元のお店にも、両親の名刺を持って挨拶に行った。

週末にレストランに行くことが多いため、ポイントカードを持って行くとよいことを伝えた。会計のたびにポイントが貯まって、それが貯まると食事もできると伝えたのだ。これは、支援学校の友だちの親がアドバイスをくれた。

克行は「イヤだ」と言った。

ポイントを貯めることがよくわからないのか、そういうことをしたくないのか。数回伝えたが、結局、会計のときにポイントを貯めるには至らなかった。ポイントを貯めていれば、かなりのポイントが貯まって食事をすることもできただろう。克行はポイントを貯めることに興味がなかった。

そうかと思えば、景品が欲しくて、チョコレートやお菓子をたくさん買ってしまう一面もある。

最近はファミリーレストランなどで注文にタッチパネルを活用したり、会計にセルフレジのところも増え、克行も買い物もしやすくなっているようだ。

日常生活では移動をするので、克行に時計を身に着けることを促したが、「イヤだ」と言って使わない。

体内時計と学校の時計、地域の防災無線で午後５時に流れる音楽を頼りに、一日を過ごしている。

克行はある意味、地域の有名人で、支援学校の仲間の親や近所の方から「克行さんを見かけたよ」などのメールや電話をいただくことがある。

ありがたいことである。

7. 朝５時、重いリュックサックで小学校へ

高等部２年生のあるとき、幼児期に通っていた通園施設の近くの小学校に週末の土曜日、日曜日に行くようになった。それはこれまで出かけていた近所の小学校とは別の小学校だ。克行は何を考えたのか？

朝５時頃に家を出て、歩いて４キロぐらい先の小学校へ行く。

出かけるときには、１円玉から５円、10円、50円、100円、500円玉、千円札と、全財産を持って行く。

最初の頃はお金の量が少なく、重くはなかった。学校を卒業して、23歳の現在では13キロの重さになっているが、リュックサックに入れて全部持っていく。持っていかないと気が済まないのだ。

「重たいから、今日使う分のお金だけを持っていけば」と促すが、「イヤだ」と言って全部を持っていく。

父親も、言ってもきかないのはわかっているのか、「筋トレと思えばよいのかもしれない」と言っていた。

台風でも、雪であっても出かける根性には、いつも感心する。

天気予報で雨が降る予報が出ていても、傘を持っていかずに、びしょ濡れで帰ってきたこともあった。

そのことから、優しい父親は、自営業ということもあり、時間の自由もきく。雨が降りそうなときは、小学校まで長靴や傘を持って行くこともある。

父親は、金曜日になると克行にお金を2000円、渡していたらしい。

なぜ、それがわかったか？　私は、克行が入浴中や食事をしているときに彼の部屋に入って、所持金をこっそり確認していたのだ。

いつしか、1000円札が数万円分あることに気がついた。

私からお金を渡すことはあまりないので、父親へ聞いてみた。

「お金が足りないとかわいそうだから、金曜日にあげていた」と言う。

父親の畑仕事を手伝って稼いだお金もあるため、使わなければ、お金は貯まるだろう。

数万円あったときには、私から父親に「数万円あるから、しばらくはあげないようにしてほしい」と伝えたこともあった。夫婦でも考え方が違う。

あらためて、人によって、お金に対する考え方がいろいろあると思った。

克行は土曜日・日曜日に朝から小学校に出かけて、少年サッカーや少年野球を見ている。天候が変わって雨になったりすると、私は雨具を用意して持って行き、様子を見に行くこともあった。

克行は、学校の玄関先など雨が避けられる場所でくつろいでいる。校庭を眺めたり、小銭を数えたり、克行なりの楽しみを見出しているようだ。

あるとき、小学校の教頭先生から連絡が来た。

夏休みには「フェンスを乗り越えたのか、日直の先生がプールサイドにいる克行さんを見かけたので注意しました」などと言われた。

あるときは「学校の玄関に本が置いてありました」と連絡があった。

克行は本や文房具、DVD をたびたび置いてくるようだ。

父親と先生が話して、学校に置いて来たものは、まとめて保管していただくようにお願いした。それが溜まって、最近は段ボール 2 箱ほどの荷物を届けていただいた。

克行は早朝に出かけるため、不審者と思われることもあった。

警察官から声をかけられ、「カバンの中を見せてください」

と言われて、「イヤだ」と拒否したが、カバンからSOSファイルを出して見せたようだった。SOSファイルは、支援学校から各家庭で作るように教えていただいた。障害のあるわが子を誰かに託さなければならない緊急時に適切な理解と支援を得るためのツールで、保護者の緊急連絡先や問題行動に対してどのように対処すればよいかなどを記している。

警察官が、そこに書いてある保護者である父親へ電話をかけた。11月の早朝、まだ暗い4時45分頃の出来事である。「このまま、行かせて大丈夫ですか？」と、父親は警察官から尋ねられたという。

地元の派出所の警察官には、克行のことは話していた。

支援学校の同級生の中には、警察署へ顔写真などの届けを出している人もいたので、わが家でも届け出をしておくことにした。

幼児期から警察にお世話になることも多く、温かく見守っていただいている警察の方にも感謝しないといけないと思った。

克行が20歳になった日。

「克行さん、無事に20歳になって、おめでとう。20歳まで命があってありがとう。これからも、克行さんの人生を楽しんでね」と伝えた。

今、23歳になり、土曜日、日曜日の外出と、平日の朝の自動販売機の飲み物の購入、午後2時ぐらいに近くのスーパーへ行き、午後７時にドラッグストアへ買い物に行くことが好きな克行である。

8. 母親とキャッチボール

克行が土曜日、日曜日になると、近くの小学校へ行っていたときの話である。小学校の体育館ではバレーボールの練習をしていて、ときどき見に行っていた。

あるとき、バレーボールのお子さんたちとその保護者たちがいた。体育館の入り口で、皆さんが座って休憩や話し合いをしているところに、克行が入っていったようだ。

ちょうど、そのバレーボールの親の一人に支援学校の先生がいて、私もその先生とはママさんバレーボールの仲間で一緒に練習をしていたこともある。

それで、克行の行動について、早々に連絡が入ってきたのだ。

赤ちゃんを連れてきていた人もいた中に、克行はちょこんと座って混じっていたようだ。きっと小さな赤ちゃんを見て、かわいいと思ってそばに行ったのだろう。けれど、周りの子どもたちは女子ばかりで、突然、男子が入ってきて、びっくりしたのではないかと思う。

そこで、支援学校の先生は克行と話をして、その周りのお子さんたちには「この人は近所の男の子だ」ということを話してくれた。そんなことで、地元の小学生女子バレーボールの練習も体育館に行って見ていたことがわかった。
　私は克行に「一緒にママさんバレーの練習に行く？」と誘ってみた。すると「行く」と言ったので、一緒に体育館に行った。
　みんなで体操をしたり、二人でキャッチボールの練習をしたりした。
　バレーボールの練習をしたときには、私と一緒にアンダーパスやオーバーパスの練習をした。本人も嫌がらずやっている。
　はじめの頃は、練習試合をやっているときに点数をつけることや、コート内に入ってボールを当てるということも体験した。しばらくするとコートの中には入らず、点数付けも飽きたのか、お願いしてもやらなくなったり、もっぱら、見ているだけになった。
　それから２年ほど経って、新型コロナウイルス感染症の蔓延防止のため、ママさんバレーボールの練習はお休みになり、克行と一緒に行くことはなくなった。
　彼は、どんな思いでママさんバレーの練習に行っていたのだろうか？　楽しみにしていたようで、いつも時間になると、私よりも早く体育館に行っていた。

9. 自主通学とゴミ拾い

　克行は、ゴミを見ると拾う。

小学部、中学部のときは、通学バスのバス停まで車で行くことが多かった。高等部になってバス停まで自主通学する練習を始めた。

自主通学とは、自分の力で登下校することをいい、電車やバスに一人で乗れるように練習する。なかには中学部から電車に乗る練習をするお子さんもいる。

克行も高等部になって、近くの駅から学校近くの駅まで通えるのか、父親と学校からの帰りの練習をしたことがあった。

電車の席が空いていても、ドアのところに立って椅子には座らない。緊張しているのか、こだわりなのかはわからない。結局、自宅からバス停までは自分で行けるだろうと学校の先生と考えた。

そして、バス停までの 10 分の道のりを歩いて行く練習を始めた。

はじめは親と一緒に歩いて行くのだが、知らぬ間に克行の姿が見えなくなった。小川の方に向かっていって、ゴミを拾っている。

袋の中にだんだん、たくさんゴミが詰まっていく。そのゴミ袋を、集合場所であるバス停のスーパーマーケットの分別ゴミの場所にあるボックスに入れる。

ペットボトルや缶も拾うので、そこで分別することが習慣化していた。

逆に学校からの帰り道、10分間の道のりでゴミが落ちていると、拾って家に持ち帰ってくる光景が見られた。

帰宅した克行を家で迎えたときに、両手いっぱいにいろいろなゴミを抱えて帰ってくることが、しばしばあった。

地域に貢献、社会に貢献。きっとゴミ拾いをするということが、克行の今世での役割の一つなのかもしれないと思った。

家では、缶や瓶、ペットボトルを克行の目につくところに置いておけない。例えば、桃の瓶詰めを作るのに1リットルサイズの大きな瓶や蓋を買ってきたりすると、そういう瓶でさえも､克行はリサイクルステーションに持って行ってしまうのだ。だから、うっかり物を置いておけない。

克行の目の届かない場所に物を置いておかなければならない状態だ。

「リサイクルのゴミを分別したい」という気持ちがあるのだろうか。ペットボトルを見れば、やたらとまとめて捨てたくなるようだ。

10. 県内高校へ、克行のプレゼント

高等部に行ってから、学校で県内の高校一覧表を見る機会があったらしく、以前購入したDVDや宮崎駿さんのビデオや本などを、家から学校に持っていった。

担任の先生に「〇〇高校〇年〇組へ、この DVD を持って行ってください」と頼むことがマイブームとなった。

毎日のように持って行っては、担任の先生に渡していた。担任の先生も、克行の行為を受け入れて箱にビデオと本をしまい、後日、2 箱にたまったビデオや本を親に返してくれたのだった。

大人になってからも『おぼえちゃおう！ひらがな』シリーズの DVD を買ってほしいと私にねだり、購入したことがあった。

結局、1 回見ただけで「もういらない」と言って、ほかの人にあげてほしいと言って私に返してきた。

なんのために購入したのか。ただ単に、そのセットを聞いてみたかっただけだったのかと思った。

なんという無駄遣いなのだろうと思ったが、克行は 1 回セットで買って、1 回聞いたことで満足できたので、それはそれでよしとしよう。私はそう思って、心を広く持つことを学んだ。

11. 修学旅行の準備。ドキドキ飛行機初体験

高等部 3 年生になると修学旅行に行く。

今はどうかわからないが、そのときは東京から大阪まで飛行機に乗る体験を子どもたちにさせていた。飛行機に乗れない子どもは新幹線で、中には親と一緒に行く子どももいた。

克行は飛行機に乗ったことがなかったので、春休みのうちに

体験をしようと考えた。
　体験をして飛行機に乗ればよし、飛行機に乗れずパニックを起こしてしまうようであれば、新幹線で大阪まで行くようにすればよいと考えた。
　私とすれば飛行機に乗る練習なのだから、近場の伊豆七島のどこかへ飛行機に乗っていければよいかと考えた。しかし、せっかくだから、克行の興味がある場所がよいと考え直した。
　いろいろと考えた末、そのときに克行のマイブームであった「旭山動物園」に行くことに決めた。
　北海道に行くという、いきなり遠距離の移動である。本人は動物園に行くことを楽しみにしていた。
　はたして克行は朝から電車で移動して、飛行機に乗って北海道に着くことができるのか？　そもそも参加できるのかどうかが心配だった。
　春休みは家業の桃栽培では、大事な受粉をするタイミングだ。旅行のための時間を取るのが大変であった。
　春休みの終わりギリギリに日程を組んで、４月の始業式の前までに北海道に行って帰ってくる。その体験をしてみようとプランを立てた。

　そして、４月の２日、３日の１泊２日で旭川に行くことに決めた。

当日の朝まで、克行の気持ちが行くか行かないか、そして、飛行機に乗れるか乗れないか。それはわからない。

克行はドキドキしていたことだろう。私はドキドキに加え、ハラハラであった。もし克行が「行かない、イヤだ」と言った場合には、娘を連れていくしかないと覚悟をしていた。

当日の朝、とにかく家を出て克行と一緒に電車に乗った。

山梨市から東京･羽田空港まで、克行は好きな電車に乗って、モノレールも体験した。うれしかったと思う。

羽田空港に着き、搭乗手続きを済ませ、ゲートを通って搭乗口へと移動して、待合ロビーで搭乗の案内があるのを待っていた。

すぐ近くに、これから乗る飛行機が見える。克行はそれに興味があって、一生懸命眺めていた。

いよいよ飛行機に搭乗するときになって、どうなるか緊張したが、意外とスムーズに事が進んだ。

飛行機の中に入り、克行は自分の座席に座り、シートベルトをした。落ち着いた様子だ。

飛行機が離陸するとき、克行は自分の両耳を手のひらで押さえていた。たぶん、かなり緊張しているのだろう。しかし大声を出すこともなく、静かに対応できた。

「克行、やればできるじゃん！　すごいぞ！」と私は小声で伝えた。

飛行機の中でも克行は落ち着いていて、ずっと窓の外を眺めていた。約１時間のフライトを無事に終えることができた。

私はホッとしてよかったと思い、一つのハードルを越えたことを実感した。

そして、旭川空港に降り立った。４月初めとはいえ、雪を盛り上げた跡があり、まだ春の訪れがやっと来たという感じだった。

バスに乗って、宿泊するホテルに向かう。到着後、部屋に荷物を置き、夕食を食べに行くことにした。克行は海鮮の刺身やイクラなどが大好きだった。北海道の魚介類を堪能できて喜んでくれるだろうと考えた。

お店に入り、何にしようかと考えて、海鮮丼を頼んだ。丼にはイクラが乗っていて、克行はとても満足そうだった。ニコニコしながら食べていた。

翌日は､楽しみにしている旭山動物園へ行く。疲れた克行は､早々にベッドで休んだ。それは私も同じだった。安堵の中で眠りに落ちた。

旭山動物園に行くため､朝､ホテルを出た。克行は笑顔でも､きっとドキドキしていたことだろう。

動物園行きのバスに乗るには、バス停で少し待つ時間があった。

そのとき、少し目を離したすきに克行の姿が見えなくなったが、結局、トイレに行っていることがわかってホッとした。
移動するときには、必ず周りの人に声をかけてから行くことを学校でも教えてもらっている。でも、克行は黙って自分の行きたいところへ行ってしまうことが多い。
一人で勝手にどこかに行ってしまうことに、親はいつもドキドキさせられる。
バスに乗って、旭山動物園に向かった。
動物園に着いて、いろいろな動物たちを見て回った。写真もたくさん撮った。
克行は動物たちに興味を持ちながら、眺めている。特にペンギンが気に入ったのか、じっと見て喜んでいた。
はしゃぐというよりは、ニコニコとじっくり見ているような感じだった。
上野動物園や多摩動物公園など、大きな動物園には何度も行っていて、克行は動物園自体については慣れていると思う。
大きな施設から比べれば、のどかで大自然の中にある、かわいらしい印象の旭山動物園。本や冊子などで旭山動物園の写真を見たりしていたので、きっとそのイメージも重なって、動物たちを見ていたのではないかと思う。
園内のレストランで、お昼ご飯を食べた。
動物の形に切り抜かれた海苔がついた、ランチプレートのご飯。克行は海苔が大好きで、家でもバリバリとよく食べた。お土産の一つに、ランチに出てきた海苔を買うことにした。
　午後も動物園の中をあちこち巡った。
　帰りの飛行機の時間から逆算して、午後2時半頃のバスに乗って旭川駅まで向かう。そこから旭川空港行きのバスに乗り、空港へ移動する。
　無事に羽田空港行きの飛行機に乗り込み、東京に戻った。
　羽田空港に着いたときには、もう日が暮れて、あたりは暗くなっていた。そこから電車を乗り継ぎ、電車に揺られて、無事に山梨の家に帰宅した。克行も私もホッとした。
「これで修学旅行に行ける！　飛行機で東京から大阪まで行ける！」
　その確信が持てた旅だった。
　きっとこれが最初で最後の、克行と私の飛行機での二人旅だろうと思った。
　今回の旅のおかげで、無事に楽しい修学旅行となったようだ。

12. 笑顔で卒業

　支援学校の小学部1年生から高等部3年生までの12年間。無事に学校生活を送ることができた。
　先生と仲間と、卒業証書授与式の練習を何回もやったことだろう。

親も卒業式に出席するため、当日学校に向かった。
卒業式では、一人ひとり順番に名前が呼ばれ、返事をして、卒業証書を受け取り、所定の場所を一周して、自分の席に戻って着席する。
小学部から、中学部から、高等部から、それぞれ一緒になった仲間みんなが、今日卒業するのである。
卒業式の日、克行と父親と娘と私、家族４人で記念写真を撮った。きっとこの４人で仲よく並んで写真を撮ることは、今後なかなかないだろうと思った。
学校生活を終えた克行は、これからは社会人になって、自分の人生を一歩一歩前進していくことになるだろう。
克行は、終始ニコニコしていた。謝恩会では、担任の先生やクラスメイト、そして親たちも、みんなが笑顔だった。
克行は、どんな気持ちで卒業したのだろうか？
「克行さん、支援学校の卒業おめでとう。社会人になっても、人生を楽しんでください」
心の中で、お祝いの言葉を贈った。

高等部の授業で書き初めをした。

文化祭で自分が作った作品と一緒に。

卒業式。家族全員の写真は珍しい。

第６章

地域活動支援センターと家業の手伝い

1. 歩いて片道 30 分、2 年間の経験

克行は「大好きな箱作りがある」という理由で、「地域活動支援センター春日居ふれあい工房」に通うことにした。自宅から徒歩で片道 30 分ほどのところにある。

地域活動支援センターとは、障がいのある人を対象とした支援機関で、創作、生産活動、社会との交流促進などを行っている。

支援学校高等部を卒業したあとの就職先は、人それぞれである。

障がい者の就労を支援する制度はいくつか種類があり、障がいの程度やその人の状況によって選択することになる。一般就労という企業の障がい者枠で勤めることができる人は若干名である。

障がい者の多くが就労する事業所は、一般的に「通所事業所」と呼ばれているところが多い。地域活動支援センターもその一つといえる。支援センターや通所事業所に通い、就労に慣れてスキルアップや一般企業への就職を目指す人もいるが、多くの場合は、お金を稼ぐというよりも社会参加の意味が大きい。

さまざまな就労の形がある中で、本人に適した場を見つけていくことが大事だと思う。高等部の頃から就労先の見学や実習に参加することができ、親も見学の機会があった。

克行は高等部の実習先として経験があり、自分で歩いて支援

センターまで通うことができた。活動時間は10時から15時であった。

支援センターでの午前中の作業は、克行の好きな箱作りである。白衣姿で、頭には白いネットをかぶり、箱作りを行う。克行はニコニコしながら作業をしていた。

週に数日は、ねじり菓子を作る作業や畑の作業もある。また、月に1度、書道をする時間もあった。

職員の方から、克行は箱作り以外の作業はあまり好きではなく、表情や態度に出てしまうと言われた。よく考えれば、好きなことがわかりやすいということだろう。

行き帰りの道中でのゴミ拾いは楽しみのようで、いつも家にゴミを持って帰ってくる。

ある朝、支援センターに行く前に、克行の顔がやけに赤いことに気がついた。

よくよく部屋を見渡すと、私が購入しておいたフルーツ入りアルコールの空き缶があった。もしかして克行は、フルーツジュースだと思って飲んでしまったのではないかと思った。

「この缶の飲料を飲んだ？」と克行に確認をすると、「飲んだ」と陽気に笑いながら言っている。

おいしかったか聞いてみると、「おいしかった」と、おうむ返しに言ってきた。

顔が赤く、ニコニコしている。
「克行さん、お酒を飲んだら仕事には行けないよ」と伝えると、「イヤだ！」と騒ぎ出して、家を出ていってしまった。
そろそろ職場に着く頃だな、と思っていると、案の定、職員の方から家に電話がかかってきた。迎えに来てほしいという内容であった。
克行は、350ミリリットルのアルコールで顔が赤くなる、ということが判明した。
克行も20歳を超えていたので、お酒は飲んでよい年齢ではあった。
「仕事の前にはアルコールを飲んではいけないよ。飲みたいときは、仕事から帰ってきてから飲むように」と伝えた。
どれだけ理解できたのかはわからないが、本人なりに気を付けようと思っただろう。
21歳の夏、近所のファミリーレストランから「アルコール飲料のサワーを飲みたいと言っています」と連絡があった。支援センターでの体験もあり、なにかあってはいけないと、お店での飲酒を一度は止めてもらった。
次の週にもお店の方から連絡が来た。そのとき、私と父親で相談して「1杯だけで、お願いします」とお店の方に伝えた。
それ以降、克行はアルコールを飲むことはなかったのだろう。連絡は来なかった。

2. 支援センターの卒業

克行は箱作りが楽しみで、支援センターに通っていた。

しかし、支援センターでは新型ウイルス感染症の影響により箱作りの業務が縮小して、ほかの仕事もするようになっていた。

克行は箱作りが楽しみだっただけに気持ちが動揺したのか、箱作り以外の仕事を「イヤだ」と言うようになった。

職員の方の話によると、休憩時間のテレビチャンネルを同僚と取り合いになるなど、トラブルが起きてきた。

父親が２回、支援センターから呼び出されることがあった。

２年が経過しようとしていた頃、支援センターを卒業して、ほかの就労施設を検討することを山梨市の相談員から勧められた。

克行にも、３月に支援センターを卒業して、４月からどうするのか、話を少しずつ始めた。

次のステップへ進むように、支援センターの職員と山梨市の相談員のアドバイスをもらいながら、克行と父親、相談員と支援センターで話し合いを行った。

障害福祉サービス利用においては、生活相談員が個別支援計画を作り、定期的にモニタリングを行う。地域活動支援センター利用では制度上、生活相談員と個別支援計画がなくても通えるところとなっているため、市の担当相談員が間に入って調整をしてもらった。
　克行にわかりやすいように、相談員が「卒業」と紙に書いてくれた。父親がそれを克行に見せたところ、その場で一気に紙をビリビリと破いてしまった。
　楽しい箱作りの仕事に行けないことが、自分では受け入れられなかったのだろう。
　支援センターを卒業したあとは、桃・ぶどう農家である家の手伝いをしながら、次に通う就労施設を探すことにした。
「見学や体験をするように」と、父親と相談員で何か所か候補をピックアップし、克行を連れて一緒に見学に行こうと試みた。
　ゴミ拾いが大好きな克行だから、ペットボトルのキャップの分別などをする就労施設がよいのではないかと思い、まず、そこに連れて行こうと考えた。
　克行に声をかけて、一緒に就労施設を訪ねたものの、克行は車から降りなかった。「イヤだ！」と言われて、体験はおろか見学もできずに帰ってきた。
　父親が車で連れて行くのだが、克行は、そのこと自体に気が向かないので、体験にも見学にも進むことができない。
　1か月ほど候補を考えたが、働ける就労施設は見つけられず、家の手伝いをせざるを得なかった。

3. 畑の「のびる」を毎日収穫

4月。家の畑では、桃の受粉作業が終わる頃だった。

障がい者の宅配事業で「のびる」と「よもぎ」を収穫して出荷したことがあった。

克行は何を思ったのか、父と畑に行くと、「のびる」を毎日たくさん根っこごと掘り起こして、家に持ち帰る日々が続いた。

のびる（野蒜）は、ネギに似た野草で、春になると野原や畔(あぜ)に生える。桃の畑の周りにもたくさん生えていたのだ。日本では、戦争中に食用の野草として、かなりの人が食べていたであろう。

のびるには、小さいものから大きなものまである。たくさん採れたから人に差し上げようと思っても、小さいものはあげられない。

「大きなのびるを採るように」と、父親は克行に言った。

毎日、畑に行くと、バケツに2、3杯ののびるを採ってくる。毎日の積み重ねになると、すごい量になり、さすがに困ってしまった。

人様に差し上げるために、皮をむくのは、父親と娘の仕事となった。

わが家でのびるを出荷しているのかと錯覚するぐらいに、作業場がのびるだらけになり、私はSNSで「克行がのびるをたくさん採っているので、欲しい方は、ぜひお申し出ください」と発信した。

すると、山梨県内のあちらこちらの人から連絡が来た。皆さんにご協力をいただき、克行の収穫してきたのびるを配り歩いた。

克行に「人様に差し上げるので、なるべく大きいのびるを採って来てほしい。根っこはハサミで切ってきて」と話をした。

すると、日々少しずつではあるが、克行に進化が見られた。

はじめの頃は、泥つきのままのかたまりを毎日毎日採ってきた。それがだんだんと、大きなのびるを探すようになり、それを採って来るようになった。

そして、泥を落としてくるようになり、根っこを畑で切って、大きなのびるを持ち帰るようになった。

わが家では、イオン水や炭、米ぬか、魚粉、微生物など、有機農法で土作りを行っている。その影響でもあるのか、畑ではのびるがたくさん生育していた。

「みんながのびるを食べると、元気になれるよ」と、私は思った。

克行は、そんな天からの声を聴いたのだろうか？

克行の「のびる」ブームは、のびるが大きく伸びて、硬くなって食べにくくなる頃まで続いた。

１か月間ぐらい、毎日毎日、飽きずにのびるを採って来た。

それに付き合う家族も大変であったが、おかげさまでのびるの料理をたくさん食べた。大自然に生息をしているのびるに感謝することを、あらためて学ぶ機会となった。

克行ののびるブームがやっと落ち着き、家族もゆったりした気持ちになった。

克行のどんなことが、マイブームになるのだろうか？　相変わらずそれがわからず、ハラハラドキドキしながら日々を過ごしている。

毎日バケツいっぱいの「のびる」とりを楽しむ。

4. 家業の手伝い

克行は学生時代、夏休みになると、父親の車の助手席に座って、一緒に畑に行っていた。

畑に行って手伝いをするというよりも、車に乗って出かけることが楽しかったのだろう。畑に着いても、助手席に座っていることが多かった。

4月から、一緒に畑に行くことになった。そこで、克行に日当を渡すことにした。

午前中半日、午後半日と、半日頑張れば500円、1日頑張れば1000円を即日払いで渡した。今までが1か月20日通所して3000円だったことに比べれば、しっかり働くと、お給料としては多かった。

克行は、気が向けば畑の手伝いをした。オクラや大根の種など、「一つのところに3粒まくように」と伝えると、丁寧に作業ができた。

桃やぶどうの剪定した枝を運ぶことは得意だった。冬場も剪定した枝を燃やす作業「火燃し（ひもし）」を、よく手伝ってくれた。火燃しは、いわゆる野焼きであり、農業に従事している者は一定の基準を踏めば行うことができる。

「草取りを手伝ってほしい」とお願いすると、草を3本抜いて「終わったよ」と話しかけてくることもある。

確かに「草を３本抜いた」という事実はある。ただ、それで終わったという本人の判断が面白いと思った。

こちらが求めているものと違っていたりする。だから、お願いの仕方も考えなければならないと思った。

気が向かないと車の助手席に座り､ひげやすね毛を抜いたり､知らない間に家に歩いて帰ってしまったりしたこともある。

桃農家にとって、夏の出荷時は一番忙しい。しかし、克行は以前からあまり手伝わなかったこともあり、この時期でも家で好きなラジオを聴きながらゴロゴロすることが多かった。

畑の仕事を手伝い始めて２年目、父親が「畑仕事を手伝ってほしい」と声をかけた。

「仕事はしない」と克行は言った。

それ以来、頼んでも畑仕事はしなくなった。

姉の望と克行。高等部を卒業してすぐの頃。

第７章

地域社会で生きるということ

1. 玄関先に物を置き、早朝、警察に保護される

克行のマイブームは、次に何が起こるのか予測がつかない。家族はスリルを味わうことになる。

ある日、他人の家の玄関先に、自分の家の乾物類や瓶や本、ビデオを置いてきたことが発覚した。

わが家の隣の家の方がいらして、こう言った。

「何か玄関先に、こんなものが置いてあって」と写真を見せてくれた。インスタント味噌汁とワカメや乾物が３種類ぐらい、玄関先に置かれている。

「一応、警察の方に連絡してお伝えしましたが、佐野さんのところは大丈夫ですか？」

写真をよく見ると、わが家にあった乾物類ではないかと思い、私は慌てて、素直にそのことを伝えた。

「もしかしたら、わが家の乾物類かもしれないです」

相手は驚いた顔になり、

「お声をかければ良かったですね」と言った。

隣の人も、克行に自閉的な傾向があって行動に特性があることは知っていた。しかし、まさか乾物を置くとは想像しなかっただろう。

ある日の朝６時頃、警察の方から連絡があった。土曜日か日曜日、克行が朝早く出かける日であった。
「克行さんを保護しました。これから婦人警官が行くので、克行さんのお部屋を見せてほしいです」
私は驚いた。何があったのか説明を聞く。
わが家の隣家のように、玄関に克行が置いていったのではと思われる物があり、複数の方から警察へ通報があったという。
通報を受け、警察でも克行が置いたのではないかとマークしていたようである。
電話から少し経ってから、婦人警官が２人やって来て、克行の部屋を確かめた。
ちょうど前日に、克行の部屋を簡単に掃除していた。私は掃除をしておいてよかったと思い、ホッとした。
父親が警察から呼び出された。克行と父親と警察の方の３人で、通報のあった４軒の家を訪ねた。現場検証をするとのことで、１軒ずつ回って、品物を置き、写真を撮ったようだ。
克行は警察の方に聞かれて、「置いた」とおうむ返しのように答えていたと、父親は言っていた。
父親から克行に「ほかの家の前に物を置かないように」と伝えたとのことで、その後は物をほかの家に置くことはなかった。

2.「仕事はしない」と宣言。ラジオと教育テレビ三昧

克行が家の畑の仕事をしなくなった。その要因の一つに防災用のテレビがあった。

私は、万一のときに備えて、防災のためのいろいろな品を揃えてカバンにまとめて入れて、部屋の中に置いていた。

その中から、克行はラジオ付きテレビを見つけ、それが気に入ったらしく自分の部屋に持って行ってしまった。

「返してほしい」と言ったが、相変わらず「イヤだ！」と騒ぎ出して、返してくれなかった。

自分の部屋で、5インチぐらいの小さな画面を毎日見聞きしている。それがやがて生活習慣になってしまった。

もともとラジオは大好きで、朝から聞き始め、夜の寝ている間もBGMのようにラジオがかかっていた。

それがテレビに変わってしまい、昼間になるとNHK教育テレビの番組を見聞きするようになった。午前と午後、つまり一日中、BGMのように聞いているのだろうか？

中学や高校の数学や社会など、勉強の内容も見聞している。もちろん幼児向け番組『おかあさんといっしょ』の内容も楽しんでいる。

以前、カセットテープやCDを克行がプレイヤーで聞いてい

るのを見たことがあった。それは私たち親が聞いていた、成功哲学や心理学といった内容だった。

克行は、基本的に勉強することは大好きなのかもしれないと思う。テレビで教育番組を見ている分には、多少はやむを得ないと思った。

しかし、彼が小学校５年生のときに家からなくしたテレビをまた見ることになってしまった。私は複雑な思いだった。

父親は克行を「引きこもりではない。ときどきは外出するから」と言う。

内閣府の2022年11月の調査では、日本における引きこもりの推計人口を、15～64歳の年齢層で2%あまり、146万人と発表している。

引きこもりとは、家族以外に親密な対人関係がなく、外出はしても社会参加していない状態であるとのこと。

これに照らし合わせれば、克行の状態は引きこもりである、と私は思った。

皆さんは、どのように思われるだろうか。

3. 突然、段ボールをたたみ始めた

ちょうどその頃、何を考えたのか、天からメッセージが来たのか、克行は突然、家中の段ボールをたたみ始めた。中に入っ

ている物を取り出して、段ボールをたたんでいる。
　そして、7年前、89歳で亡くなった克行の祖母のタンスの中の衣類、身の回り品を、急にチェックし始めた。また、保管しておいたシーツやじゅうたんなどもチェックしている。
　克行が不要と判断した物が父親に「捨てろ」と言わんばかりに、トラックの荷台に投げ込まれていた。
　段ボールは、自分でリサイクルステーションに持っていった。リサイクルできる紙類も同じ場所に持っていった。
　日中、1階と2階の祖母が使っていた部屋に行き、作業することが日課になった。ガサガサと荷物を違う部屋に移動したり、段ボールの中身を出して、段ボールをたたんでリサイクルステーションに持って行ったりする。
　私は、家の中の断捨離、整理整頓をしなければいけないとは思っていたが、なかなか手をつけられずにいた。こんなふうに中身を広げられたら、片づけなくてはいけない。ある意味、克行が断捨離のきっかけを作ってくれたのだと思った。
　克行が入浴中や昼食中に、彼の部屋に置いてあるお金の入ったリュックサックをときどき確認した。克行も20歳を過ぎ、本人の尊厳などを考えれば、本来は了解を得て行うことではある。しかし、了解をもらおうとすれば、「イヤだ」と返事が返ってくることは目に見えていた。
　そのため、布団のシーツや枕カバーの交換、部屋の簡単な掃除は、入浴中か昼食中に行っていた。
　克行も体力があるため、「イヤだ」と言い出して、もし暴力になれば、父親でもかなわない。克行を怒らせて、殴られたり、階段を突き落とされそうになって、命の危険を感じたことも何回となくあった。そのため、克行が日々を、そして人生をいかに楽しめるようにできるかを考えるようになった。

　話を戻す。ある日、克行のリュックサックを確認した。お金は、いつもビニール袋の中に入れていた。
　1万円札が10枚以上入っていて驚いた。
　父親に聞いても「あげていない」とのことで、克行に「おばあちゃんのところにお金があったの？」と聞くと、おうむ返しに「あった」と言う。
　克行は勘がよいのか、祖母のタンス預金を見つけたようだった。
「お金はたくさん持っていると取られたら困るから、銀行に少し預けておこう」と話をすると、克行は「イヤだ」と返事をした。
　タンス預金のことに味をしめたのか？　毎日、片づけが始まった。
　克行のこだわりの中に、祖母の着ていた服を気に入って着ることがあった。
　ときには「その格好はどうかな。着替えた方がよいよ」と父親が言うこともあった。
　克行は､父親のその言葉に､相変わらず「イヤだ！」と騒いだ。
　父親も最後には「おばあちゃんも克行に服を着てもらって、きっと喜んでいるかもしれないな｣とあきらめたように語った。

　家の中の段ボールの中身をやたらと出してしまい、書類などの整理も大変になった。
　段ボールや紙類を地域のリサイクルステーションに持っていくので、個人情報などの確認をしなければならず、親としては大変な作業になったが、「克行のおかげで、家の中がきれいになるね、ありがとう」と私は伝えた。
　克行は、誇らしげな顔をしていた。
　いつしか、克行の仕事は畑の作業から、彼なりの家の片付けへと変化していた。

4. 父親との外出。地域の方の見守りに感謝

　父親は、克行と外出をする機会を持つように心がけている。
　山梨県農福連携推進協議会や児童発達支援センターひまわりでの運動会など、行事があると「一緒に行かないか？」と克行に声をかけ、高等部の頃から一緒に出かけていた。
　克行がそこに出かけて行くといっても、当然ながら会議に出

たり運動会に参加したりするのではない。父親が会議に出席する横で、パネル動画のあるブースに行ったり、運動会に行けば競技の様子を眺めたりするのだ。それが楽しみで、父親と出かけるようになった。

そして､帰り道で父親と一緒にラーメンなど､食事をして帰ってくることが楽しみの一つとなっていた。

山梨県農福連携推進協議会は月に１回、毎月第４木曜日に開催される。

克行は曜日や日にちを覚えていて、「一緒に行く」と父親に自分から声をかけた。

しかし、定例会の曜日が変更されると大変だ。本人は変更ということを、うまく受け止められず、「行かない！」と騒いでしまうことがあった。

そうは言っても、外食を楽しみにしている克行である。一緒に行けば、帰りに父親と食事ができる。

はじめの頃は、ラーメン屋に行くとラーメンを頼んでいた。最近では、ラーメン屋での定食やチャーハン、餃子などのおかずといった、ラーメン以外のものを頼むことが増えたようだ。

山梨県農福連携推進協議会には、通所事業所の職員の方や議員さん、県の職員や農業など生産者の方、ボランティアや農業と福祉に興味のある方など、さまざまな立場の方が参加している。参加者の方々は克行のことを知っていて、よく声かけなどをして、気にかけてくださっていた。
　そのため、山梨市や甲州市の事業所の職員や議員さんなど、克行が土曜日・日曜日を中心に歩きまわっていることを知っているようで、見守ってくださったりしていた。状況によっては、父親に連絡をくれる方もいた。
　地域で見守っていただき、あらためて感謝の気持ちでいっぱいになった。
　支援学校を卒業すると、特性のある子どもたちは大人になって地域で暮らす。いわゆる「共生社会」である。
　お互いを支え合い、見守る。そうして生きていける地域社会であってほしいと願うばかりである。

5. 電車に乗って、一人で目的のレストランへ

　克行が 21 歳の夏から秋の頃だった。
　川崎市に住む叔父と叔母のところへ、父親と車に乗って果物を届けに行くことになった。収穫シーズン最後の桃とぶどうを、ドライブしながら一緒に届けに行こうと、父親が克行を誘ったのだ。
　川崎の親戚の家に午前中に行き、帰るときにはお昼頃になったので、途中で食事をして帰ろうとした。そのとき、帰りはすぐに高速道路を使わずに、川崎から国立府中まで一般道で移動

したようだ。
お昼ご飯は、克行のお気に入りのチェーン店のファミリーレストランで食べることにした。場所は国立であった。
昼食を食べ終わって父親が会計していたときに、克行は近くにあった本を手にしたようだ。それをパラパラと見ていた。
父親は会計を済ませたので､克行に「帰るよ」と声をかけた。克行は本を見ている途中であったが､それをやめて車に乗った。
もしかしたら、本をもっと読みたかったのか、心残りがあったのかもしれない。
その２週間後の土曜日、克行は普段の帰宅時間よりも１時間ぐらい遅く家に帰ってきた。普段は午後８時頃に戻るのだが、その時間に帰宅しない。
父親は克行が行っているであろう、近所のファミリーレストランに様子を見に行った。すると店員さんは「いつも夕食を食べにくる時間よりも遅くに来店した」と教えてくれた。
その後、克行は無事に家に帰ってきた。
父親が克行に聞くと､「国立まで行ってきた」と話したようだ。「レシートを見せてほしい」と父親が伝えると、先日、二人で昼食を食べた国立のファミリーレストランのレシートを持っていた。
その店まで、歩いてはいけない。自分で電車に乗ってその店へ行き、帰ってくることができたという証拠であった。山梨から国立まで電車で片道２時間ぐらい、駅からレストランまでは徒歩であろう。

　あとから考えてみると、その日、克行は出かける前に、関東のロードマップを食い入るように眺めていた。

「なんでロードマップを眺めているのだろう？　地図が面白いのかな」と私は思ったのだ。そのことを思い出した。

　支援学校の小学部のとき、父親と電車に乗って、上野動物園や多摩動物公園、あちこちの博物館に行った経験も活かされたのだろう。

　克行の行動力に驚いた。しかし、その後、克行が一人で電車を利用して出かけたことはない。

6. 買い物や食事を楽しむ

　土曜日や日曜日、克行は小学校やファミリーレストランなどに自分の意思で出かける。

　その途中、コンビニに寄ってお菓子を買うことを覚えたようで、おやつを持って小学校へ行くこともある。

　学生の頃は、お菓子や飲み水などは、家にあるものを持って行った。買い置きしてある煎餅などが主だった。コンビニに寄ることはなかった。ところが、いつしかおやつなどを買うようになっていた。

お買い物実習は小学部の４年生でも、学校の近所へ買い物に行く練習をしたことがあった。父親と一緒に、お買い物やお出かけをするのが楽しみだった。

平日のルーティーンで、午後２時前後に近くのスーパーマーケットへ買い物に行くようになった。

その場所は、スクールバスのバス停でもあり、リサイクルボックスがあるので、以前から利用していて、なじみがある場所だ。

自分のゴミや家の瓶や缶を持ってリサイクルボックスに入れながら、買い物をしてくる。

買い物が楽しみで毎日行くようである。衝動買いをすることはなく、インスタント味噌汁１袋やおやつ、レトルトのスパゲティソースなど、1、２種類の物を買う。

スーパーマーケットまでの行き帰りの道にも、こだわりがあるようだ。行きと帰りは違う道を通る。

その行く途中にわが家の畑があり、私が畑作業をしていると、克行が歩いて行く姿を見ることがあった。

最近では、近所にドラッグストアができたこともあり、夜７時ぐらいになると、そこにおやつを買いに行くことも日課に加わった。

レシートはノートに貼ってあるので、スーパーマーケットやドラッグストアで購入した商品がどんな物かわかる。以前から続けていて、このことがいろいろな意味で役立っていて、やって良かったと思う。
高校生のとき、お金の管理の一環として、ファミリーレストランに行った際のレシートをノートに貼ることにした。その習慣がついた。
私はときどき、そのノートに目を通す。
１品だけ買うことが多く、お菓子はチョコレート類が多かったりする。
これまで食事は、家族一緒に食べていた。今、克行はお昼の12時にテーブルに来て、気が向けば親が作った料理を食べる。しかし、気が向かない食べ物だと自分でうどんやそば、スパゲティを茹でて、簡単な料理を作って食べたりする。
以前は一緒に食べていた夕食も、現在は声をかけても同じテーブルに来ることはなくなった。克行の見たいテレビやラジオの内容により、夕食時間は変わった。好きな時間に一人で食べるようになったのだ。
ここでも自分で作ったものを食べるようになった。自分で冷蔵庫にあるお惣菜や冷凍のピラフ、うどんを温めたり、スパゲティを茹でて買ってきたソースをかけたりして夕食を作っている。
食事の最後は、なぜかインスタント味噌汁だ。スパゲティのときでも。そして、ポットにお湯が入れてあっても、湯沸かし器で熱いお湯が出るまで待ってから、そのお湯を入れて飲むのがこだわりである。

7. 生協の注文と配達の人へのプレゼント

私が生協に加入して5年が過ぎた。毎週木曜日が配達の日になっており、そのときに「ネットで注文済み」と記入した注文用紙を配達員の方に提出する。

生協を始めたばかりのときには、注文用紙にだけ記載をして提出していた。ところが、それが難しくなった。

あるとき、すごい数の注文をしていたことがわかり、生協へ連絡をして注文をキャンセルしてもらった。

注文用紙は、購入する商品の欄に数量を記入する。そこにたくさんの商品を注文した記録があったのだ。克行なりの遊びの感覚で、数字の「1」を注文書の4分の1ぐらいの商品に記入していたのである。

以前も私が発注していない商品が10種類ぐらい届いたことがあった。どうやら知らない間に克行が、注文書に数字の「1」をいくつも書き込んでいたのである。

今回も、次の回の注文用紙を提出してしまったあと、「克行が、1をたくさん記入していたら困る」と思い、生協へ連絡してみたのだ。

案の定であった。なんとか間に合って、キャンセルできた。

そこで、生協の職員の方と相談をした結果、「インターネット注文に変更してはどうか。注文用紙にネットで注文した旨の記載をして提出すると、ネットの注文が優先されてよいのではないか」とアドバイスをもらった。

克行が楽しいゲーム感覚でやっていることではある。また、克行が自分の希望した物を買いたいという希望もあるだろう。そこで、紙の注文用紙はこれまで通り提出することにした。「1と書くのは欲しいものだけにして」とアドバイスをしたが、克行は相変わらず注文書の4分の1ぐらいの商品に「1」の数字を書いていた。それは1か月ほど続いた。

そして、1か月後にやっと、克行が注文したいものだけを注文用紙に「1」と書くようになった。

レトルト食品やタンドリーチキンがお気に入りのようで、肉類、魚介類、ロールケーキ、たい焼き、みたらし団子やアイスクリームなどのお菓子類にも「1」の数字が書いてある。私が注文する豆腐や油揚げ、納豆にも「1」と記入してあるところが、克行のかわいいところだと思う。

とはいえ、克行の望む商品のすべてを購入するわけではない。内容を見て、高額すぎるものや甘いお菓子ばかりのときは注文しないことにしている。糖分や油分など、摂りすぎると体にあまりよくないものは、なるべく少なくしたいと考えているからだ。

生協のネット注文にしてから、紙の注文書には「ネットで注文済み」と記入して提出している。

生協の配達の方が来てくれるとき、うちの畑で採れた桃やぶどう、野菜などを、おすそ分けすることがある。

克行はそれを見ていたのか、いつしかわが家にある乾物類を注文書と一緒に配達員の方に渡すことを始めた。

克行は「自分も何かプレゼントをしたい」という気持ちになったのかもしれない。

それがなぜわかったかというと、注文書の提出の際、玄関先に袋を置いておくのだが、その中に乾物類の昆布や椎茸などが一緒に入っていたことがあったのを何回か見たことがあったからだ。

以前には、こんなこともあった。

優しい克行は、隣の人が自宅の木を切っていたときに、近くにある自動販売機で缶コーヒーを買って来てプレゼントしていた。また、父親が畑に行くときに、家にある野菜ジュースを渡したり、トラックに置いたりしていた。

気のきくこと、優しい気持ちは素晴らしいと思った。しかし、度が過ぎると、人間関係の中でもどう受け取ればいいかわからなかったり、相手が不愉快になってしまったりすることもある。

配達員さんに気遣いした行為ではあるが、相手は困惑したのではないだろうか。

家の乾物類の減る量が、だんだん多くなってきたことに気がついた。

ある日、注文書のところを見るとビニール袋に入れた品物があった。見ると、わが家の乾物類で10種類ぐらいのものが入っていた。金額にすれば2000円以上になりそうな量だ。昆布や椎茸など、使いかけの商品も入っている。それを1袋に入れてあったのだ。

私が実家の両親の介護で県外に行くときもあるので、その日に克行が袋に入れた乾物類に遭遇したら、配達員さんも困るのではないかと思い、生協の配達担当の方と話をすることにした。優しい気持ちで始まったことが、わが家の家計にも影響を及ぼす量を渡すようになっては困ると考えた。

そして、配達員の方には「品物をもらってはいけないという決まりになったので、もらえません」と克行に断ってもらいたいとお願いした。

担当配達員さんが何人かいるので、情報共有していただき、もし克行から袋を渡されたら、返していただくようにお願いした。もし無理やりに物を渡されて困るようなことがあれば、置いて帰っていただきたいともお伝えした。

生協とのかかわりの中で注文書に「1」をやたら書いてしまったことや、家の乾物類を渡してしまうことなど、楽しいゲーム感覚でもあるが、度が過ぎてしまうと麻痺してしまうことがわかった。
　配達員さんも最初の頃の数回は、克行からの気持ちということで、様子を見ながら乾物を受け取ってくれた。
　バランスや人間関係とのかかわりの中で生活していくことを、どのように捉えて、どのように行動するかを克行から学ばせてもらった。
　おかげさまで、今は乾物類を配達員さんに渡すこともなく、ホッとしている。次はどんなマイブームが訪れるのだろうか？

8. 夏でも長袖を着るこだわり

　克行は高等部３年生頃から、夏でも冬でも長袖のシャツを着ることにこだわっていた。暑い夏の日でも、学校にも制服の長袖ワイシャツを着ていくようになった。
　不都合なのは体育の授業で、夏は半袖シャツと半袖体育着を着ることを促されたが、いつもの「イヤだ！」となり、夏でも長袖で体育の授業を受けることになった。
　卒業後の今でも、夏暑くても、お風呂のあとでも、汗をかきながら長袖シャツを着ている。
「半袖シャツもあるよ」と見せながら話をするが、相変わらずの「イヤだ！」と大騒ぎである。
　克行なりの家の片づけをしながら、亡き祖母の着ていた服を見つけては、気に入った物を着るようにもなった。
克行にいろいろと言っても話が伝わらないので、克行の気持ちを尊重するという形で、家族は受け入れる方法を考えている。
着るものが多少変わっていても、個性と捉えて見守っていくことで、家族が心穏やかに過ごせることを優先している。

9. 親亡きあとの生き方を考える

支援学校に通学していた子どもたちの親御さんと、よく話をする内容の一つに「親亡きあとの子どもの生き方について」がある。
わが家では、克行と娘、二人ともが支援学校の卒業生である。
生活力はそれなりにあるかと思うが、自分で自分のことを少しでもできるようにすることは大切だと思っている。少しでもできることを増やし、生活の中で困らないように、自立できるようにと願いながらかかわっている。
わが家では、娘は人とのかかわりが好きなので、お泊まりや集団の中でサポートをもらえるような場面を増やしている。
一方、克行は人とかかわることが嫌いである。通所事業所やお泊まりのためのショートステイの体験など進めていきたいのだが、なかなか難しい。仕事と同じように、見学や体験の申し込みに至らず、現在はマイペースで生活している状況になっている。

中年期や高齢期になって、グループホームや集団での施設に入所する場合にどのように対処するのかが課題になるかもしれない。

支援学校の卒業生の中には、卒業してすぐに自立するために家を離れてグループホームに入る人もいる。親から自立し、社会の中で見守られながら人生を送る場面を作っていくわけである。

わが家は農業に従事しているため、子どもたちに手伝いをしてもらうと助かる。娘が通っている通所事業所では、農業とのかかわりがある。自宅でも野菜の収穫や販売、種まき、苗植えなどを手伝ってもらっている。

親亡きあと、将来はいろいろな人に見守られながら、施設での生活をしていくことになると思う。その準備としても、自分でできることを一つでも増やし、自立していくことは大変重要なことだと思う。

その中でも、「おはようございます」「ありがとうございます」「ごめんなさい」などの挨拶は、人とのかかわりの中でも、とても大事なものではないかと考える。

克行にも挨拶が大切であることを、小さい頃から繰り返し伝えてきた。

「おはよう」「ありがとう」など、場面に応じて、できる範囲ではあるが言わせるようにしている。

例えば、克行が好きなお刺身を私が買ってきたとする。

「克行さんの好きなマグロのお刺身を買ってきましたよ。なんて言うのかな？」と促すと、「ありがとう」と言う。今では「なんて言うのかな」と聞かなくても、「ありがとう」と言うことが増えてきた。

克行が穏やかに過ごせるように、父親も私も努力して対応している。

なぜかというと、中学部や高等部の頃、感情をコントロールできず、たまに手を挙げてげんこつで殴ってくるなど、暴力的な行動をしたことがあったからだ。

その後「お母さん、痛いのだけれど」と私が伝えると、克行から「ごめんなさい」と言うこともあった。

将来的に地域や施設で生活していくためには、人とのかかわりは大切である。

山梨市では、市役所や社会福祉協議会、通所施設やボランティア団体の方などと、焼き芋会やお花見会などの親子での交流会を実施していた。

わが家も子どもを連れて参加してきた。

そこで親御さんが70代、80代となり、息子さんや娘さんと参加されている姿も見てきた。ある意味、将来像をイメージすることにもなるのかと思った。

そしてそれは、親子でどんな生き方をすることが大切なのだろうかと考え、勉強させてもらう場でもあったと思う。

成年後見制度などの福祉サービスにも、お世話になっていくことが必要になるかもしれない。

克行が 40 歳になる頃には、親は 80 代、どこまでわが家で過ごせるのかわからないが、笑顔で過ごせる、楽しい有意義な人生を送ってもらいたいと願う。

【私のお気に入りの本】

子育ての参考や力づけになった本を紹介します。

『Happy 子育て』長野眞弓・著（アチーブメント出版）
『笑顔の力！』長野眞弓・著（アチーブメント出版）
『おっちょこちょいにつけるクスリ　家族の想い編　ADHD など発達障害のある子の本当の支援』NPO 法人えじそんくらぶ・高山恵子・編著（ぶどう社）
『育てにくい子の家族支援』高山恵子・著（合同出版）
『発達障害の子どもの実行機能を伸ばす本』高山恵子・監修（講談社）
『1/4 の奇跡』山元加津子・柳澤桂子他・著（マキノ出版）
『リト「サムシング・グレート」に感謝して生きる　リトに寄せて』山元加津子・村上和雄・著（モナ森出版）
『幸せ気分』笹田雪絵・山元加津子・著（モナ森出版）
『こずえのくつした』こずえ・著、山元加津子・編（モナ森出版）
『ピンチをチャンスに変える運命法則』藤谷泰允・著（ビオ・マガジン）
『子育てハッピーアドバイス』明橋大二・著（1 万年堂出版）
『障害のある子の家族が知っておきたい「親なきあと」』渡部伸・著（主婦の友社）
『障害のある子が「親なきあと」にお金で困らない本』渡部伸・著（主婦の友社）
『未来食 7 つのキーフード』大谷ゆみこ・著（メタブレーン）
『自己肯定感は低くてイイ！』木下山多・著（kindle 版）
『1 日 3 分で変えられる！成功する声を手に入れる本』中島由美子・著（青春出版社）
『開運！神傾聴』中島由美子・著（KADOKAWA）

あとがき

この本を読まれて、いかがでしたか？

発達障がいがあるにしてもないにしても、「子育ては親育て」だと思います。

子どもも親も成長します。

子どもは親を選んで生まれてくるとも言われます。胎内記憶の研究者である産婦人科医師の池川明先生は、子どもの胎内記憶はすごいと言われます。おなかにいるときからおなかの外が見えたり、家族の声が聞こえたりしているなどと、胎児のときの記憶を子どもたちが話すと言います。

私も克行に選んでもらい、いっぱい学びをいただきました。これからも学びをいただくことになるでしょう。

出来事すべてに感謝して､魂の成長を楽しみたいと思います。

克行が、この先も笑顔いっぱいで人生を過ごせるように応援できればと思います。

この次の克行のマイブームが何かを楽しみにしています。

この本を手にされた皆様の人生も、有意義で笑顔いっぱいの楽しいものになりますことを願っております。

最後までお付き合いいただき､本当にありがとうございます。

最後になりましたが、本書の作成にあたり素晴らしいご縁をいただき、応援していただきました皆様に深く感謝申し上げます。

児童発達支援センター「ひまわり」でお世話になりました中山富貴子先生他多くの先生方、かえで支援学校の先生方、同級生はじめ在学中お世話になりました皆様と保護者の皆様、キャンプや食事などアドバイスいただきました長野眞弓先生、忍野村で克行を見つけてくださった佐藤様、春日居ふれあい工房の職員の皆様、ポーテージプログラムでお世話になった先生方、山梨市立山梨保育園でお世話になりました先生方、聞こえの相談でお世話になりました先生方、ドラム教室の山崎先生、学力や集中力だけでなく挨拶や礼儀作法などの社会性のスキルアップでもお世話になった公文式学習教室の鎮目先生、日中一時支援サービスや相談などで支えとなった三富福祉会ハロハロの服部様はじめ職員の皆様、支援学校通学の放課後にお世話になったそだち園の職員の皆様、支援学校での経験を世の中の皆さんの勇気づけとなる活躍で力をいただきました山元加津子先生、私の人生の学びをいただきました「引き受け人間学」の藤谷泰允先生。

NPO 法人えじそんくらぶ代表の高山恵子先生、克行が楽しみに過ごしている地元の小学校の先生方、山梨県警で見守りなどお世話になってきました職員の皆様、山梨県自閉症協会の皆様、乳幼児健診や療育などでお世話になりました小児科医師、行政保健師、心理相談員等、職員の皆様。山梨市役所障害福祉課等職員の皆様、山梨中央児童相談所職員の皆様、克行の行動を街のあちらこちらで見守っていただいております地域の皆様。

そして、文章を読み修正にかかわっていただきました跡部小百合様、梅窪のりこ様、小瀧一江様、依田早苗様、佐野克巳様。出版社・めでぃあ森の森恵子先生、編集協力の高井紀子様。

克行にかかわってくださいました、すべての皆様に心より感謝申し上げます。

これからも、よろしくお願いします。

2024 年 3 月　佐野美樹

【著者紹介】
佐野美樹（さの みき）
1965年、東京都江戸川区生まれ。山梨県山梨市在住。
看護師として国立病院神経内科病棟に4年間勤務。その後、市役所の保健師として乳幼児健診や両親学級などの母子保健、成人の健康診断や地域での健康づくり事業、高齢者の介護保険など、24年間にわたり担当。
2015年より、心身と魂が「若いキレイ元気」でいるために、波動セラピーを中心にカイロプラクティック整体や音叉セラピーなどを提供する「健康サロン美樹」を経営。その傍ら、夫の果樹園や野菜作りの手伝いと販売なども行う。共生型デイサービス「またあした富士川」勤務、大原医療保育スポーツ専門学校 甲府校の保育科臨時講師を務める。

Instagram

FaceBook

こだわり克行（かつゆき）の笑顔（えがお）

2024年5月21日　第1刷発行

著　者　佐野美樹
発行者　森恵子
発行所　株式会社めでぃあ森
〒102-0074　東京都千代田区九段南1-5-6　りそな九段ビル5F
〒203-0054　東京都東久留米市中央町3-22-55
TEL 03-6869-3426　042-479-4975　FAX 042-479-4974
編集協力　高井紀子
装　丁　Kiduki-books
印刷・製本　シナノ書籍印刷株式会社

ISBN 978-4-910233-19-2　C0095